夜不語

詭秘檔案

夜不語

詭秘檔案

夜不語

詭秘檔案113

Dark Fantasy File

寶藏 上

夜不語 著

Kanariya 繪

CONTENTS

自序

關於三星堆的故事，很長很悽慘。

我猶記得，寫這個故事時，自己特意去了廣漢三星堆取材。轉眼，距離我寫下這本書的時間，不知不覺，偷偷流淌過了十四年。

足足十四年啊。

我有時候在想，我這十四年，到底幹了些什麼？當初寫《寶藏．上》這本書時，寫這本書的那年夏天，我在哪兒，究竟在想些什麼，為什麼會寫它？

寫後記時，我依然在冥思苦想，總是在想當初寫書的心情。

啊，突然想起來了。

二〇〇六年，我二十五歲，剛結束一段戀情，然後開始另一段新的戀情。我碰到現在的妻子。我們總是在傍晚約會，手牽手，走在柳條河畔。一邊走，一邊靜悄悄地，看著柳條河碧藍的水，朝東流逝。

那時的她，還沒現在這麼豐滿，瘦瘦的，淺笑倩兮。一轉眼，我們的婚姻走過了十三個年頭。女兒餃子，也七歲了。

七歲的餃子，正是對任何東西都好奇的時候。今天下午，我牽著剛小學一年級，放了暑假百無聊賴的餃子，又一次走過柳條河畔。

正感慨時間過得真快，當初她老子和她娘也是這麼手牽著手。

餃子突然指著河邊一灘小水窪裡的水，悶悶地道：「爸爸，爸爸，這些水裡有什麼呢？為什麼是綠色的？」

「有水藻和草履蟲。」我回答。

餃子爬下去，睜大水汪汪的眼睛，努力往往水裡看。「但是爸爸，爸爸我為什麼看不到。」

「因為要用顯微鏡才能看得到啊，媽蛋，這和人生一樣。不是所有湊到你眼前的東西，你都能看清楚。」我摸著下巴。

餃子忽略了我後邊的哲理，直戳要害。「那買一台顯微鏡給我吧。」

「……」

所以我只能準備幫餃子買一台顯微鏡。但買怎麼樣的適合七歲的小屁孩呢？於是我找了學生物的朋友，問：「兄弟，給小屁孩買顯微鏡，選貴的還是便宜的？」

朋友說：「好看的。」

「媽蛋，為什麼？」我問。

「當你帶著娃裝完逼後，好看的顯微鏡至少還可以當個擺飾。醜的就是一個工業垃圾。」

哇，好有道理。

最終我買了個好看的，果然，當擺飾真好看。

媽蛋，不明覺厲，這果然就是和人生一模一樣啊。

匆匆十四年，當年寫的書，現在看來，似乎味道也不同了。照例，我對《寶藏．上》這本書的內容小小精修了一下。

越扯越遠了，咱們下本再聊。

夜不語

所謂的寶藏，對每個人而言，都有不同的定義。就這個詞的意義本身，一般指儲藏的大宗珍寶或珍貴物品，也指蘊藏在地下的礦產資源。世上在每個歷史階段，通常都流傳有「世界十大寶藏之謎」等傳說。

這個故事，講述一個關於不同的寶藏定義。

或許從地底下挖掘出來的，並不永遠都是先人的珍貴遺物。有的，是會帶來……

災厄！

楔子之一

我們會幸福的，對吧！

妳說過愛我的，對吧！

妳會永遠和我在一起的，對吧！

曉雪蜷縮在臥室的一角，全身因為恐懼而顫抖。

不知道從什麼時候起，敖的聲音就不斷在耳邊響起，揮之不去，一開始只出現在夢裡，醒來後偶爾回憶起夢境，也只覺得自己是因為太愛他，而產生了幻覺。

不久後，那聲音越來越清晰，越來越響亮，就像有人站在自己身旁，離自己的耳朵只有幾公分的距離，然後撕心裂肺的號叫。

那是敖的聲音，她聽得十分清楚，絕對是敖的聲音。但是敖，已經在半個月前死了，是自殺，警方直到現在都還沒有釐清原因。但她知道，敖的死，絕對是因為那次旅行。

從那個怪異的村子回來後，所有人都陸續莫名其妙的死了。自殺，或是發生意外，到現在，只剩下自己了。看來，這次該是自己的死期到了！

不甘心！怎麼能這麼不明不白的死掉，自己什麼事情都沒有做，是誰！是誰在冥冥中將所有人殺掉的？

我們會幸福的，對吧！

妳說過愛我的，對吧！

妳會永遠和我在一起的，對吧！

敖的聲音又在耳邊響起，越發大聲。不對，不是耳邊，是腦海，聲音是從腦海裡冒出來的，不然為什麼所有人都聽不到？

「你死了！你已經死了！為什麼不放過我！我是愛你，但是你也愛我，為什麼不放過我！」曉雪用尖銳的聲音吼著，她不住地顫抖著，將用力攥在手心裡的藥瓶打開，倒了一大把鎮定劑一口吞下。

不知道是因為鎮定劑的緣故，還是自己的吼叫，腦海中不斷重複的聲音慢慢淡了下去，最後終於徹底消失。

曉雪彷彿全身力氣都消失了似的，一動也不動地癱倒在地板上，睡著了。

不知道過了多久她才醒過來，望著窗外，依然漆黑一片，不只沒有月亮，就連一點星光都沒有。街上的路燈似乎也全壞了，房間裡什麼都看不到，她獨自處在黑暗中。

很好，那個該死的聲音並沒有隨著自己的清醒出現。她一邊慶幸一邊站了起來，喉嚨裡一片乾澀，很渴。

摸索著按下了床頭燈的開關，但是光明並沒有隨著那清脆的「啪」聲降臨。難怪外邊那麼黑，居然倒楣地遇到罕見的全市大停電。

曉雪將凌亂的頭髮隨意紮起，憑著記憶翻出手電筒，就著明顯電量不足的光芒向廚房走去。

拉開冰箱門，取出牛奶痛快地喝了一口，然後長長地呼了口氣。已經有多久沒有這麼安靜了，自從敖那陰陽怪氣的聲音不斷在耳邊迴盪以後，自己每天都被嚇得心驚膽跳，就差跳樓自殺了。

原來一個人的寧靜居然如此令人心曠神怡，難怪許多人都需要獨處的空間，一刻不停的聒噪，只會讓人變得神經質，甚至發瘋！

將喝剩下的牛奶放回冰箱，剛轉身，她頓時嚇得尖叫起來。

身後，不知什麼時候站了一個人，一個男人。

他一動不動，直愣愣地望著自己。好不容易看清楚那人的樣子，曉雪這才喘著氣，按住瘋狂跳動的心臟，不滿地道：「老爸，你幹嘛站在這裡一句話都不說，差點被你嚇死！」

老爸依然什麼話都沒說，靜靜地看著她，也沒有因為自己的聲音有絲毫動作，只是站著，一動也不動，像是蠟像一般。

手電筒昏暗的燈光照在他臉上，表情僵硬且凝固，眼睛也許久沒有眨動，看在曉雪眼裡，真的會懷疑眼前的物體是不是真是活人，還是蠟像。

曉雪皺著眉頭，咕噥道：「你不說話那人家就去睡了，真是的，心情剛好一些就差點被某個有血緣關係的傢伙弄掛，倒楣！」

轉身向自己的臥室快步走去，腦海中，似乎有什麼念頭在不斷地提醒自己。猛地，她停住了腳步。老爸不是今天去美國出差了嗎？下午四點半的飛機，現在的他，應該還在飛機上才對。

那身後的人，到底是誰？

心臟，又怦怦地瘋狂跳動起來。她努力做出不動聲色的樣子，想要裝作不經意地回頭，可是當真的轉過去時，卻又愣住了。

身後哪裡有人！

只剩下空蕩蕩的廚房隱藏在黑暗中，手電筒照耀下，小小的十幾坪空間一覽無遺。曉雪的大腦一片混亂，自己所站的走廊是進入客廳或者臥室唯一的出入口，只有經過這裡才有可能出門，不然就只能跳窗了。

可通向外邊的窗戶上，安裝著堅固的鐵欄杆，就算想跳出去也不可能，何況，自己家可是在二十一樓。

只是，那個長得像自己老爸的人又到哪去了？還是，那個人根本就不存在，從頭到尾都是自己大腦中的幻覺，就像敖的聲音一樣？

曉雪感覺全身一股惡寒，皮膚上不斷地冒出雞皮疙瘩。恐懼感如同實質一般圍繞在四周的空氣中，自己幾乎要窒息了。她現在只想轉身衝回柔軟的床上，把頭深深埋進被窩裡。

深吸一口氣，她轉身，正準備起步跑離這裡，可是下一刻卻渾身僵硬得再也無法動彈。

身旁，正站著那個男人，他臉上的肌肉在不斷地扭曲著，一會兒像是痛苦號叫著的父親，一會兒又像是某個似乎很眼熟的男性。

終於，男人的臉孔平靜了下來。

敖，是敖。那個男人變成了敖的樣子，敖對自己微微笑著，他迷人的富有男人味的眼睛一眨不眨地望著自己，很溫柔，溫柔得像是要將她融化，就像是以前那樣望著她。

可是面對昔日愛得死去活來，甚至認為可以為他付出生命的男人，曉雪卻感覺不到絲毫的溫馨，只是害怕，怕得要死！

她怕死，比任何人都怕！

「我們會幸福的，對吧！」

敖向她伸出了手。

「妳說過愛我的，對吧！」

他的手上拿著一把尖銳鋒利的水果刀。

「妳會永遠和我在一起的，對吧！」

視野中，那把尖銳的水果刀緩緩向自己的心臟移去，抵住了她白皙細嫩的皮膚。冰冷的觸感剎那間將她對生的渴望打得粉碎。

曉雪雙眼變得迷茫，嘴角也咧開一絲古怪的笑意。

「對，我愛你，我會永遠和你在一起。」

雙手握住了敖的手臂，就著刀準備向心臟的方向用力一挺，就在這時，門鈴，響起……

楔子之二

「Boss，有幾件 Case 或許你有興趣。」

加拿大的哥倫比亞湖畔有棟造型普通的三層樓建築。這棟建築雖然貌不驚人，但全球許多重量級人物都有所耳聞，甚至曾和建築的主人有過些微的業務聯繫。

這是知名大偵探楊俊飛的所謂總部。不過這位智商極高的大偵探，此時正玩著和智商完全扯不上關係的無聊遊戲。這個遊戲如果非要冠上一個名詞的話，可以稱為——視覺自虐。

那傢伙無聊地坐在頂樓的辦公室，仰望著天花板，將身前一大堆削得十分尖銳的鉛筆向上扔去，然後眼看著它們自由落體，再從容地接住。

「無聊，太空虛了！」楊俊飛用力在辦公桌角一撐，旋轉椅迅速向後退去，就要碰到牆壁時，他突然一個翻身跳下來，在地上滾了幾圈，飛躺到沙發上。

果然是有夠無聊的。

就在這時，秘書紫雪輕輕敲了敲門，然後走了進來。

「什麼 Case？」楊俊飛鬱悶至極的臉上稍微融入了一些表情。

「是阿拉伯某一位王子，請你——」

「不接！」還沒聽完他就失望地打斷紫雪的話。

紫雪不動聲色，像是早就習慣了。隨意將手中資料的第一頁扯下來扔到地上，又唸了下去：「前幾天從某個金字塔中取出的文物，有幾件在昨晚神秘失蹤了，卡佴文博士想請你立刻趕到埃及調查……」

「什麼神秘失蹤，擺明是有內鬼，大家都在互相猜疑罷了。不去。」

扯下，扔掉。

「那這件。比薩斜塔全球保護組織前幾天收到一份匿名郵件，聲稱蓋達組織下一個目標是摧毀這座舉世聞名的鐘樓……」

「不去。荒謬，蓋達組織怎麼可能那麼快炸到義大利去。用膝蓋想也知道是那個莫名其妙的組織發出來的煙幕彈，哼，最近幾年義大利政府對那座鐘樓的保護不太用心，維護的費用也少很多了，當然會招來某些人的不滿！」

紫雪有些無言，眼前這個男人最近實在很反常。明明工作已經堆積了一屋子，可惜就是寧願賴在辦公室裡無聊到死，也不願意離開一步，真是有夠離譜的！

微微嘆了口氣，她向後翻了幾頁，將今天早晨剛收到的最後一個委託，直接說了出來：「這個委託來自香港，不過已經超出了我們業務的範疇，Boss 想要聽嗎？」

「哦？說出來聽聽。」楊俊飛從沙發上站了起來。

「那位香港的匿名委託人希望您前往三星堆博物館，設法偷出魚鳧王的黃金杖。」

「魚鳧王的黃金杖？他拿去幹嘛？」楊俊飛大為疑惑不解。

據說黃金杖是歷代魚鳧王的通神之物，得到的人便能上天入地，為人神之間的使者，所以對古代蜀人而言，它不僅僅是王杖，還是神杖，能夠用來溝通天地人神的法器。

有學者認為，那根黃金杖有多重的象徵意義，代表了王權（政治權力）、神權（宗教權力）與財富壟斷權（經濟權力）。

三種權力同時具備，集於一杖，象徵蜀王位居最高權位，現存於中國的三星堆博物館，是國家級的文物。只是脫去那些文化意涵，也不過是一根包了層金皮外殼的棍子罷了，沒有任何實用價值。

而且由於它的造型及雕刻形態從殷商時期之後，便是絕無僅有，甚至空前絕後，所以就算到手了也沒辦法銷贓，因此很少有人打這類文物的主意。

頓了頓，楊俊飛問道：「他願意出多少錢？」

「五百萬美金。如果Boss嫌價格低的話，對方說還可以商量。」

「打電話給那個傢伙，三千萬美金，一分錢都不能少。」楊俊飛略微思索了片刻，大聲道。

紫雪有些驚訝，「這種業務Boss平常絕對不接的，難道您受到了什麼天大打擊？而且還要加到三千萬，不如直接去搶！」

「鬼扯，誰有本事可以打擊到我本人。」他粗魯地在紫雪彈性驚人的翹臀上，用力拍了一下，看著那位小美人紅著臉退了出去。

他的嘴角微微扯出一絲笑意。這個 Case 雖然表面上很平淡無奇，不過如果對方真的肯出三千萬，讓自己去偷那根不知所謂的黃金杖的話，整件事就十分有趣了。

而且三星堆博物館似乎在四川吧，那個有趣的小朋友好像也是在四川的某個城市裡。

嘿嘿，越來越覺得，事情的發展，似乎會變得不再讓自己感到空虛！

楔子之三

「小三，你、你小子還在嗎？」

「我，我還在。」

「有沒有聽到什麼奇怪的聲音？」

「好像有！」

心臟在瘋狂跳動，屋內黑漆漆的什麼都看不到。小三怕得渾身顫抖，他一邊答著小四的話，一邊向聲音的方向摸去。突然，不遠處似乎能聽到什麼東西僵硬跳動的聲音，他嚇得大腦一片混亂，再也不敢動了。

「小三，你小子怎麼不說話了？」小四提高嗓音，「快摸到前邊去把門打開，義莊的保險絲燒了。」

小三緊緊地捂住自己的嘴，死也不發出絲毫的聲音。只聽見那僵硬的跳動聲緩慢地轉了個方向，朝小四移動過去。猛地，小四的沙啞聲音戛然而止，像是母雞被掐斷了脖子，發出咯咯的痛苦低沉呻吟。

他怕得要死，悄悄地蹲下，邊抖著邊將頭深埋進雙膝中。不知道過了多久，那種痛苦才在壓抑詭異的氣氛中變得無聲無息，他赤裸的腳底似乎感覺到一股黏稠的溫熱。這是血嗎？

就這樣小心翼翼地呼吸著，死死抑制著內心的恐懼以及深入骨髓的顫抖，不知道過了多久，遠處，傳來了雞叫聲。

天，終於亮了……

※　※　※

有人知道撿骨師這個行業嗎？知道的人應該不算少吧，雖然這個行業聽起來令人毛骨悚然，但是卻很神聖，有哪個人死後不願意入土為安？

所謂的「撿骨」，是因古時漢人去台灣開墾，為了落葉歸根所採取的變通方法，在中國社會並沒有「撿骨」的習俗，因為大家對往生者的尊敬，認為入土才會為安，而「撿骨」屬二次葬，算得上是時代背景下所產生的習俗。

但由於時代的推移，數不清的兵荒馬亂過後，撿骨師這個行業在漢人中也漸漸興盛。

解釋這一切，並不是閒著沒事湊字數，而是所有的開始，都是從一件很普通的事情，一位很普通的撿骨師開始的……

黃憲村附近有條使用頻繁的鐵路，說到鐵路，就不得不說一下黃憲村的人。

其實人類真的是種很奇怪的生物，明明知道穿越鐵路很危險，但是為了圖一時方便，踩著鐵軌走過去的人絕對不在少數。所謂夜路走多了總會碰到鬼，不守交通規則，被火車活活撞死的村人，在這三十年間，少說有五百個。

有需要當然就會有市場，固定在鐵路附近的撿骨業，自然在黃憲村興旺起來。趙因何就是村裡撿骨師中經驗最老到、資歷最深的一位。

今天似乎不算一個平常的日子，一大早起床，趙因何就眼皮跳個不停。年近六十的他伸了個懶腰，推開臥室的窗戶向外望了一眼。東邊的朝霞紅得像血，絕對不是個好兆頭，看來最近要小心點，不要犯忌諱了。

正思量著，大門砰砰地響了起來，他心中不由得一陣煩躁，苦笑著向大門走去。恐怕禍事不用去找，已經自己送上門來了。

深深吸了一口氣，將大門拉開，什麼都還沒看清楚，就有道人影哭哭啼啼地衝自己跪了下來。

「趙先生，求求你救救我老公！」那個女子大概二十七、八歲，焦躁不安的一邊哭一邊扯住他的褲管。

趙因何定睛一看，居然認識，是同村的人，姓李。說起來她也怪可憐的，是個剋夫命。三十歲不到，嫁了六次，每次不到半年丈夫就會因飛來橫禍慘死。

這苦命女子是真可憐，雖然長得漂亮又年輕，但足足當過六次寡婦，在村子裡的名聲都臭了，根本沒有人再有勇氣娶她。

對了，她的最後一任丈夫好像和自己同姓，一年前被飛馳的火車撞死，那時候還是自己替他撿的骨。

趙因何在自己光得發亮的頭皮上摸了摸，無奈說道：「別老是哭啊，小嫂子，妳不說清楚，我怎麼知道妳找我幹嘛？」

那個李姓寡婦這才停止抽泣，斷斷續續地講起事情的大概，「我昨晚夢見我老公了，他說自己的墳風水不好，老是感覺身體發冷。要我趕快幫他換個地方，不然要不了多久就會魂飛魄散。」

趙因何瞇起眼睛，「他的風水不是妳請大師看過嗎？而且我也略微懂一些，下葬的地方絕對沒問題，是少見的『九陽點睛穴』，可保後人多福多壽，妳就不用太過擔心了。」

「但我老公老老實實的一個人，絕對不會說大話，還無聊地跑來騙我。」李姓寡婦急了起來，「一定是墓穴的風水有問題。」

趙因何懶得再和這個精神狀況明顯不太正常的女人爭辯，問道：「那妳到我這邊來幹嘛？」

「我想請趙先生挖開我老公的墓穴，把他移到其他的地方去……」

「不行！絕對不行！」還沒聽完，趙因何就大搖其頭。

李姓寡婦頓時又要哭起來，她死死地盯著他。「為什麼，一年前我老公的遺骨也是趙先生撿的。難道要先收訂金？沒問題，雖然我錢不多，但是幾千塊的白紙錢還是能給的……」

「不是這麼俗氣的問題。有工作幹我當然想做，但這一行規矩太多了。」趙因何苦笑著繼續解釋，「七煞八敗九撿狗骨。撿骨以第六年開始撿骨，但七到十年之間不能撿。還有逢四不能撿。

「今年是我入行的第二十四年，絕對不能動骨的。一動骨輕則運氣不暢，重則老命不保。」

「這些個迷信您老還信？」李姓寡婦滿臉怨氣，「現在都什麼年代了，什麼禁忌不禁忌的，就一句話，先生到底幹還是不幹？」

趙因何心裡又是一陣苦笑，這女子真的是精神不太正常，都什麼年代了，還相信託夢的事。自己迷信也就算了，幹嘛就不許別人稍微也信上一信，輕輕地搖搖頭，沒多想便搖頭拒絕了。

轉過身正要回屋子，那寡婦滿臉慌張地又發起了神經，她一把將他的大腿抱住，哭聲更大了。趙因何不知究竟該笑還是該氣，一大早就和個年輕女子拉拉扯扯的，村子裡的其他人看到，自己辛苦積累起來的清譽恐怕就不保了。

這一行本來就要保持形象，沒了形象，以後誰還敢找你去撿骨？

他連忙掙扎，可是那瘋女人就是不肯放手，力氣還出奇的大，他一時掙脫不開，就這樣僵持了十多分鐘。

趙因何老臉通紅，最後一咬牙，大聲道：「夠了夠了，妳不要再吵了，我答應妳還不成？」

這話一出口，寡婦立刻放開了他的大腿，又哭又笑地站了起來。「先生您可別反悔，不然我天天等在您家大門口，逮住您的大腿抱著哭。」

這、這究竟變什麼世道了！趙因何心裡發苦，忍不住捂住發光的頭皮，逃回屋子裡。

或許這個世界有些人天生就對即將發生的災難敏感，又或者，某些禁忌的存在，真有它存在的道理。

不久後蔓延了整個黃憲村的罕見恐怖災難，就因為那天早晨的一件小事，慢慢浮上了水面……

第一章 DATE：五月二十七日聯誼會

燈光已經關掉了，八個人周圍只燃著七支蠟燭。停屍間的門關得緊緊的，但不知為何，蠟燭依然在沒有風的狀態下不斷搖曳，嚇得四個女孩死死地抓住身旁男孩的臂膀，就差沒鑽進對方的懷裡去了。

「這是發生在醫院裡的真實故事，據說，聽完這個故事的人，很快就會遇到一模一樣的事情。」其中一個男孩躲在陰暗的角落，滿臉都是詭異的氣息，聲音低沉的講道。

「記得就在一年前，時間是午夜十二點過後，有位外科醫生結束急診，換了衣服正準備回家，走進電梯時，見到一位陌生的女護士急匆匆地向自己的方向大步走過來。

「外科醫生衝她微微一笑，很紳士地停住了電梯，等她進來後才按了鈕，兩人一同乘電梯下樓，可電梯到了一樓卻沒停，反而一直向下。到了Ｂ３時，門猛地打開了。

「有個十分可愛的小女孩站在門口，懷裡抱著一個破舊的洋娃娃。她神色呆滯地向裡邊張望了一番，幼稚的聲音中帶著一絲失望。『怎麼那麼多人，我又得等了！』

「外科醫生嚇得全身都在發抖，他用盡所有的力氣拚命將電梯門關上。護士奇怪地看了他一眼，問道：『這裡哪還有人，為什麼不讓那位小妹妹上來？』

「醫生喘著粗氣，緊張地道：『Ｂ３是我們醫院的停屍間，醫院在每具屍體的右手都綁了一條紅絲帶，她的右手，她的右手也有一條……』

「護士聽了，沉默著沒有再說話。

「外科醫生為了沖淡內心的恐懼，主動開口道：『妳是新來的吧？』

「『我很早就到了。』護士抬起頭，表情十分漠然。

「『但是我以前從來沒見過妳！』醫生疑惑地向她望去。

「『你當然沒有見過。』護士的右手抬了起來，向醫生的脖子掐過去，只見她手上赫然綁著一條紅絲帶。『因為我一直躺在停屍間裡！』」

「哇！哇！」故事剛講完，講故事的人就大叫了起來。女孩們神經一緊張，反射性地撲進男孩子的懷中。

一旁的我軟玉溫香抱滿懷，不由得衝講故事的男生暗中比了個「你小子高明」的手勢。緊接著停屍間的燈被人打開，所有的女孩這才反應過來，臉頓時悶得通紅，提著粉拳就向講故事的男生衝過去。

我是夜不語，一名常常遇到稀奇古怪事件的男孩。這個故事的開端，在很久以後想來，當然不只是這場莫名其妙的聯誼，但是卻絕對有關聯。

最近幾個月的生活超平淡的，不知道該幹什麼，只好每天上課時睡覺，晚上該睡覺時玩遊戲看漫畫，整個作息時間完全顛倒過來。也正因為感覺無聊，所以才會參加這場讓人煩悶的聯誼。

不過說起這個活動，就不得不說說那個講故事的男孩，那傢伙叫錢墉，和我同班，但在班上卻極不起眼，甚至如果沒人提起的話，我絕對不會想到他的存在。

當他有膽量把熟睡的我從課桌上推醒，然後將睡眼迷濛、大腦遲鈍的我拉出教室時，我一時間都沒有反應過來。

「夜不語同學，有沒有興趣參加一場聯誼？」那傢伙第一句話就直搗黃龍，想起來，這恐怕也是高中兩年多來，他對我說的第一句話。

我聽在耳中，皺眉，搖頭，轉身就想回去繼續作自己的春秋大夢。

錢墉一把拉住了我，「那個活動很有趣的。」

「不去。」我惡狠狠地說完，掙扎著要回教室，可他就是不放手，我稍微有些惱怒了。

「班上有那麼多人，幹嘛一定要叫我？」

錢墉不動聲色地用下巴指向課堂中一堆堆狗男女，然後又朝我望過來。原來如此，

我總算是懂了。

據自己某個混蛋朋友指稱，大四時，是每個單身狗男女最飢渴慌亂的時期。他們不擇手段、弄虛作假、厚顏無恥地向所有無論有沒有另一半的異性生物，發起猛烈的攻勢，甚至不惜搖尾乞憐，為的就是不讓自己四年的大學生活留下陰影，被別人說成沒有校園戀愛史的白痴物體。

將心比心，那套理論放在高三時也適用。殊不知周圍所有人都自動組成了良莠不齊

的兩人連體嬰，每天都成雙成對、出雙入對的，似乎整個班上也就剩下我和錢墉那傢伙是單身遊民了。

那麼，那傢伙不會是看到我之後，產生了英雄相惜的情懷，所以才死纏爛打的要我去聯誼？我的媽，這個樂子可鬧大了！

我滿臉的苦笑，低聲道：「這個，我實在不想交女友，多謝你費心了！」

錢墉頓時大驚失色，飛快地向後退了幾步，臉色也變得蒼白起來。「難道，難道你是……」

「放屁，我很正常！」我狠狠瞪了他一眼，「不過由於諸多原因，特別是和你講了你也不會明白。總之，我才不會無聊地去參加什麼聯誼！」

「我理解，我真的能理解！」那傢伙的臉色又是一變，用極度誠懇的聲音道：「我以前也是拉不下面子，可是多參加幾次也就習慣了。

「那個，每個人肯定都有一些其他人不太習慣的嗜好。我發誓，小夜你千萬不要把聯誼的人當正常人看待。說起來，高中三年都還沒有與異性交往的，本身就多多少少有些小毛病……」

鬱悶，他究竟想到哪裡去了？還有，這理論似乎本身便是毛病！

我被他勸慰得一愣一愣的，不知道該哭還是該笑，只好悶聲悶氣地說：「總之，我不去。」

「去嘛，很有趣的。雖然裡邊的女生都是些超級恐龍，不過運氣好也許會碰到絕世美女也說不定！」錢墉絲毫沒有氣餒，將一張紙條遞給我。「聯誼是禮拜六下午六點半開始，節目很精采的。拜託了！」

禮拜六不是明天嗎？我下意識地朝紙條看去，只見上頭印著一行字：禮拜六下午六點半，青山療養院門口，供應晚餐。男生每人XX元，女孩免費。

汗！我徹底無言了。

青山療養院位於郊區，前身是青山醫院，不過早已廢棄。

據說落成於三十年前，是這座城市第一間，也是規模最大的現代化醫院，可不知道出於什麼原因，那裡病人的死亡率一直居高不下，焦頭爛額的院長，最終只能將整間醫院廉價賣出去。但每個買下醫院的人，都莫名其妙的慘死。

最後在七年前改為大型療養院。按理說開辦療養院是最賺錢的行業，可是青山療養院是個例外。住在療養院中的老人也是相繼死去，雖然都是自然死亡，但死亡率相較其他地方實在高得離譜。

慢慢地，青山醫院鬧鬼的傳聞，開始在附近的城市流傳開，或許人老了更害怕死亡吧。漸漸地再也沒有人願意住進去，療養院最後只能宣布倒閉，醫院也在五年前封閉了。

※　※　※

禮拜六實在讓人覺得很無聊，從床上起來時，已經過了下午兩點，吃了所謂的早餐，就出門閒逛。買東西時，意外地從錢包翻出了錢墉硬塞給我的紙條。

微微地嘆了口氣，我露出苦笑，望著逐漸變黯淡的商店街，內心開始動搖。總之閒著也是閒著，晚上更沒有任何節目，只能待在電腦前發霉，還不如去看看那個該死的聯誼，說不定，真的會有驚喜。

於是，我帶著一身的無聊，搭上計程車，往青山醫院方向去。說起來那間醫院的惡名真不是蓋的，剛進入郊區，還只是到青山腳下，司機就抵死不願再向上開。

「小兄弟，你就饒了我吧，我還準備早點回去交班。」那位四十多歲的中年男性用粗糙的語氣說著，聲音稍微有點不自在，恐怕絕對不是在意交班的問題。

搖了搖頭，我也懶得再和他扯，付過車錢便下去了。那司機飛快地倒車，將頭伸出窗外，小心翼翼地向山頂望了望，低聲說：「小兄弟，你準備上去？」

我心不在焉地嗯了一聲。

「已經這麼晚了，這附近很難搭到車。」

我又嗯了一聲。

司機嘆了口氣，猶豫再三才說道：「那上面很不乾淨，你自己小心點。」

我衝他笑了笑，便見他一個甩尾，飛也似地絕塵而去。這個人，也太膽小了點吧。

不置可否地望向天空，雖然四周還很明亮，但是站在路上卻絲毫沒有明亮的感覺，我看了看手機，下午五點半，還算早，聯誼的其他人應該還在路上吧。

青山離市區有六公里遠，說是山，其實根本就是座小丘陵。高不過兩百多公尺而已，而且面積也很小。只是在這個平原地帶，有座兩百多公尺的小山丘，已經是很壯觀的景色了！

醫院建成時，也修了一條彎曲的公路，只是這麼多年過去，公路四周長滿了亂七八糟的雜草灌木，路間的縫隙裡也長出低矮的植物，很是蕭索。

一直以來我都覺得奇怪，為什麼這間醫院一定要建在市郊的青山上？一般來說，大醫院的選址大多落在市區，甚至越繁華的地方越好，那樣交通和附屬設施都能跟得上，病人也易於送達。

但青山醫院實在過於偏遠了。如果說城市裡太擁擠，實在容納不下那間醫院，這用膝蓋想想也覺得有問題。畢竟在那個時代，能蓋起那麼大間醫院的人，不光是有錢就可以的，還要有繁密如蜘蛛網般的龐大關係。

試問那樣的人，怎麼可能沒辦法在市區找到一塊絕好的地？

一邊想著內心的疑惑，一邊往山上走，走了許久都沒有碰到任何人。四周寂靜異常，風吹過草的縫隙，發出一陣陣難聽的聲音，如同幾十個女人一起尖著嗓子恐懼得大叫。天色並沒有黑暗多少，但我卻沒來由的感覺到一股壓抑。

風吹到皮膚上，出奇的冷。已經是五月底了，最近持續高溫達三十一度，路面都快被曬得冒出白煙了，可這裡居然還可以用「冷」這個字來形容周圍的空氣，就憑這點，我也能夠想像，為什麼當時會有個笨蛋不顧所有人的勸阻，將醫院買下來當療養院。

青山公路的長度，根據山下的路牌的資料，大概只有兩公里，但這兩公里我卻走得非常不輕鬆。很多時候，若有個朋友在身旁說說話，分散一下注意力，兩公里的距離很快就過去了。

可是當自己一個人時，就算胡思亂想，等回頭向後看去，卻發現自己並沒有往前走多遠，特別是走在這種荒涼的地方。

自從青山療養院倒閉以後，這附近的居民也出於種種原因陸續搬走，而且也因為它的惡名，讓所有土地開發商望之卻步，所以造就了這一處靈異愛好者常常聚會的聖地。

廢棄的五年來，雖然大人常常警告自己的孩子不要靠近醫院，不過人類的好奇心絕對是無法小覷的。

國中生、高中生、大學生，甚至還有小學生，鄰近城市的許多學校，許多空虛無聊、極度鬱悶的年輕人，紛紛建立起諸如驚世駭俗、莫名其妙的神秘事件調查社團，只要一放假，就到這個地方轉來轉去。

只是我，雖然好奇心嚴重得可以嚇死一堆牛，但是卻一次也沒有來過。

好不容易爬到半山腰，我終於遇到此行的第一個人，是個女孩，在我前面五十公尺的地方，身材修長，烏黑的秀髮披散在肩上。她八成也遭遇了和我一樣的狀況，半路被計程車扔下，此刻正獨自一人鬱悶地向上走著。

內心稍微平衡了一點，我快步向前追過去。那女孩似乎察覺到什麼，肩膀微微一抽動，也不回頭，腳步卻明顯加快了。

為了跟上她，我自然快步小跑起來。這一跑可不得了，前面的女孩渾身一顫，沒命似地拔腿就跑，我實在摸不著頭腦，也下意識地跟著她跑。

運動可能不是那女生的強項，沒花多長時間，我就已經追到她身後，離她的肩膀只有半隻手臂的距離。

那位有些秀逗的女生，猛地停下腳步，一動不動地呆滯在原地，我完全沒有注意到她變幻莫測的行為，頓時和她撞成了一團，在地上連續翻滾了好幾圈。

當穩穩地停住後，意識恢復，突然感覺到脖子上有一股輕柔的吐息。女孩子幽幽的體香湧入鼻中，我才發現自己身下軟軟的。將腦袋稍微向上提了提，視線明朗了些，然後我看到了一張惶恐的臉龐。

女孩子不斷喘著氣，誘人的胸口劇烈起伏著。她的臉和我的臉只有不到五公分，我們的視線開始緩緩接觸，然後望著彼此，呆住，接著石化。

一連串的意外後，我總算看清了對方的臉。

她是個十分清秀的女孩，大概和我同齡，瀏海將清淡的眉毛半遮半掩住，唇紅齒白，稍微偏粉色的嘴唇咬得緊緊的，如同小鹿般的長長睫毛微微抖動，大眼睛正一眨也不眨地望著我。

過了不知多久，我才猛地察覺自己將她整個人壓在身下，而且姿勢還有那麼一點點容易遭人誤會。左手上似乎有一種說不出的軟綿綿觸感，讓手部皮膚一陣陣規律性的酥麻，大腦又開始有些混亂了，那種觸感，不用想也知道是什麼。

怎麼會有這種事！一般十三流電影的劇情都能被自己撞上，看來今晚一定要去買張彩券，絕對中！

腦中胡亂地想著沒有營養的東西，左手不自覺地試探性的用力捏了捏，身下女孩的臉色頓時一片緋紅。她的眼睛微微瞇了起來，依然一眨不眨地看著我。

又過了許久，等兩人都清醒過來時，女孩突然大叫一聲，用緊緊拽住的手提包向我狠狠砸過來，我眼前一黑，整個世界都被那只越來越大的 Mickey Mouse 佔據，緊接著右臉一痛，還被她用力推開，頭撞在地上，差點痛得暈過去。

「救命啊，有色狼——殺人了啊！」

女孩尖叫著跑遠，留下我一個人捂住腦袋不知所措，現在的自己想哭的心情都有了，雖然確實佔到了一些小便宜，只是變得傷痕累累也太不值得了吧！況且，我的初衷不過是想和她結伴而行罷了，唉，老天，這究竟是什麼世道！

兩公里的上山路實在有夠遠的，特別是心情非常糟糕的情況下。終於來到那個敗落的建築群前，遠遠就看到錢墉露出滿臉的笑意，向我走了過來。

「夜不語同學。」他叫著我的名字，「我就知道你會來的！」

我「哦」了一聲，一時間不知道該怎麼將話搭回去。

「對了，我可以叫你小夜嗎？張口就夜不語同學的叫來叫去，總讓人感覺很生疏。」

他毫無特色的臉上堆積起的笑容也夠壯觀的，讓我實在無從拒絕。雖然很想大吼一聲，破口大罵，老子我本來就和你不熟，而且，活見鬼了，自己幹嘛要來參加這個莫名其妙的聯誼，還被人狠狠K了一下，幾乎要破相了！

見我沒有反對，錢墉臉上的笑意更濃了。他好奇地望著我，從天文到地理，支吾哈拉了好一陣之後，這才兩眼放光的偏頭，裝作不在意地問：「對了，小夜，從剛才我就注意到了，你額頭上那塊有點青紅的傷口，是怎麼弄的？」

「沒什麼，上山時，不小心被樹上掉下來的某個東西砸了一下。」

「喔，原來如此，沒想到樹上掉下的東西，可以砸出如此完美的傷口，實在是令人嘆為觀止。」我們對視了一眼，同時大聲乾笑起來。

笑到再也沒有辦法掩飾尷尬時，錢墉收斂住表情，小聲地說：「剛才聽聯誼的其他人說，有個女孩上山時遇到了色魔，不知道小夜你看到那個可疑人物沒有？」

兩人的視線再次接觸，然後再次大聲乾笑。

乾笑途中，我猛地沉下臉，冰冷地問：「你是在懷疑我？」

「當然不是！」錢墉面不改色地矢口否認，「我怎麼可能懷疑我最最要好的朋友。

我能理解，今天的機會多的是，請耐心期待！」

他用力拍著我的肩膀，笑得有些像奸商。我真是鬱悶啊，怪哉，自己什麼時候變成他最最要好的朋友了？如果自己的記憶沒有出問題的話，我們兩年多來說過的話，十個指頭都數得完吧！

轉頭向青山療養院大門口望去，那邊停了三輛機車，機車周圍鬆散地站著兩男兩女四個人，再加上我和錢墉的話，一共有六個。只是說實話，雖然有心理準備來聯誼的都不會是什麼好貨色，但這些男男女女也實在太極品了，極品到我幾乎要被嚇得暈倒的程度。

「人到齊了嗎？」我苦笑著問。

錢墉點頭，「這次活動一共八個人，你是最後一個到的。感想怎麼樣？」

「整個就是侏羅紀兩棲動物主題公園。」我嘆為觀止。

錢墉又用力拍著我的肩膀，害得我差點認為他是不是早就對我產生了某種仇恨，藉機抒發怨氣：「別擔心，這次還真來了兩個極品，小夜是所有男生中最帥的，絕對有機會。」

「被你這麼說，似乎也高興不起來吧。」我瞥向拚命和女孩子搭訕、推銷自己的那兩個大眼睛水生兩棲生物，笑容中都能擠出黃連水了。

錢墉看了看手錶，然後用力拍手，大聲喊道：「好，所有人都到齊了，我們的聯誼正式開始。不過首先呢，嘿嘿……」

他賣了個關子，從機車上拿出一個不大的餅乾盒，神秘地笑起來。「大家都清楚，小墉我辦的聯誼是最講究公平的，咱不求人多，但是貴在精良。

「這次剛好有四男四女，我們會分為四組人馬開始活動。為了公平，現在進行第一輪遊戲，也就是傳說中的，抽籤。誰能好運脫離單身貴族的悲哀生活，就要虔誠地祈求老天了！」說完，他還故意用力朝我的方向眨了眨眼睛。

敢情這傢伙還不是第一次舉辦聯誼來著？突然有種不好的預感，自己似乎掉進某個莫名其妙的陷阱裡，唉，頭痛了！

如同行屍走肉一般排在興奮的青蛙大哥們之間，我將手伸入餅乾盒，掏出了一張紙片。四號？靠，不是個吉利數字。

抽籤完畢，錢墉洋溢著滿臉的肉麻笑容，站到地勢比較高的位置大聲道：「好了，現在請看看手裡的號碼，然後找到相同的數字配對。絕對不可以私自交換哦，祈求老天不要讓自己槓龜，碰到同性！」

不安的感覺更加濃烈了，我拿著號碼喊了一聲，立刻有名女孩向我走了過來。

「你也是四號？」聲音很好聽，只是為什麼有點耳熟？

「對啊，真巧。」

我們同時抬頭，視線接觸在一起，然後帶著微笑的表情猛地呆滯，然後石化。

「死色狼！」

好死不死，和我配對的居然就是上山時，被自己壓在身下的女生。該死的十三流劇情，居然在不到半個小時內被自己連續遇到兩次，如果不去買彩券，就太對不起天上某位神靈的眷顧了！

「誤會！」眼看著面前的美女，反射性地做出第八套女子防身術的起手勢，我慌忙大叫著向後潰退。

「都做過那種事了，那、那種事，你還敢狡辯自己不是色狼！」她越說越小聲，顯然是想起了剛才的狀況，白皙的臉上升起了一片緋紅。

「冤枉，我只是想和妳一起上山罷了，誰知道妳拔腿就跑，在那種情況下我當然是要追了。可是妳跑就跑吧，又突然停下來，我不撞上妳還能撞到自己啊！說我是色狼，也不看清楚，世界上哪有我這麼帥的色狼！」我不無哀怨地解釋道。

那位秀氣的美女恨恨地盯著我，語氣極為不善。「你的意思是佔了我便宜，我還要向你說對不起？」

「道歉就不必了，不過妳看看我的額頭，妳的 Mickey 包包打得我差點破相，是不是應該……」

眼看著她的臉色越來越不對勁，身體似乎又要擺出第八套女子防身術的招式，我慌忙擺手。「不要了，賠償費什麼的我統統不要了。倒是驚嚇到了美女大人，我內心實在過意不去。

「剛剛上山的途中，我的良心更是遭受了非人的自我折磨，就怕方才看到的那位驚為天人的美女大人，出了什麼意外！」

我的汗啊，像長江一樣流個不停，嘴裡也沒有閒著，直到眼前的女孩面色緩和下來，嘴角甚至露出微微的笑意。「哼，油嘴滑舌，一看就不像好人。」

我苦笑，這輩子雖然被無數人罵過不是好人，但沒有一次這麼冤枉的。微微伸出右手，我撐開肌肉堆積起類似笑容的表情道：「既然誤會已經解開了，而且我們又是搭檔，所以，一起努力吧。我叫夜不語，妳好！」

女孩看著我伸過去的手，不置可否。「哼，誰知道是不是誤會。說不定你剛才根本就想要非禮人家。我老媽常常教育我，這個世界的男人都不是什麼好東西，所謂知人知面不知心，雖然你長得還算看得過去，但誰知道你本質上是不是個下流的人！」

這、這句話說得似乎也有點道理，只是聽起來為什麼那麼刺耳？女孩子，果然喜歡把事情複雜化。我尷尬地想把手縮回來，可是眼前的女孩已經一把抓住我的手掌，用力甩了幾下。

「算了，暫且相信你。不過不准對人家做什麼奇怪的事情，不然，哼！」原本想要做出個兇巴巴的表情，可是皺眉歪嘴的反而更可愛了，看得我忍俊不禁。「我叫謝雨瀅。記得叫我時一定要用全名，我可不想別人誤會。」

什、什麼態度嘛，我夜不語是招誰惹誰了我，就算今天是本人的大凶日，老天也懲罰得太過了吧。

※　※　※

抽籤遊戲奇蹟般地將四個小組都分成了男女配對的組合，雖然八個號碼組成的機率不算多，但是就百分之百的成功配對而言，還是令我忍不住懷疑，錢墉那小子是不是用了什麼手段作弊。

不然為什麼四個女生中，最漂亮的那一個偏偏和他成了搭檔？那傢伙笑得臉都快爛掉了，趾高氣揚地仰頭噴著粗氣。

謝雨瀅指著他身旁的女孩子小聲對我說：「看到那個女生沒有，她是我最好的朋友，很漂亮吧？」

「妳也不差啊，說實話，我覺得妳更好看。」我笑著道。

說實話，那名女孩很有青春活力，很容易吸引他人的注意，但謝雨瀅長得更甜，烏黑的長髮配著清純的面容，文靜秀氣得讓人忍不住憐惜。

就吸引力而言，我很慶幸可以和她一組。當然，雖然接觸不多，但可以看出她是個很容易被漂亮話打動，以致上當受騙的單純女生。這也是我慶幸的原因，不然自己青山一匹狼的花名，要不了多久就會響遍全城的學校圈。

謝雨瀅臉上微微一紅，嘟著嘴偏過臉去。「哼，果然油嘴滑舌。討厭！」

話音落下，錢墉的聲音便響了起來。他一副儼然暴發戶的嘴臉，掃視著四周，大聲道：「大家都和自己的搭檔交流過感情了，對吧。那麼，我們準備吃晚餐。

「不過這次的餐桌早在一個小時前，就被藏在青山療養院的四個地方，其中某個地方的提示，在剛才摸到的紙片上就有。

「如果找到的話，可以完全免費享用這次的大餐。但是找不到，那就請乖乖的餓肚子，或者出三倍的價格向本人購買。不過，各位紳士，你們忍心看著自己的女伴餓肚子嗎？」

對不起，我說錯話了，那傢伙哪裡是像奸商，他根本就是奸商來著，不但泡了馬子，還順便賺了錢，實在是一箭雙鵰，佩服。

謝雨瀅急忙將紙片翻過來，果然看到了一行字：打斷念頭，手無寸鐵。

「這是什麼東西啊？」她看得摸不著頭腦，可愛地皺著眉頭。

我瞥了那行字一眼，頓時開心地笑起來，不就是心控室嗎，錢墉啊錢墉，看來這頓飯我是白吃定了。

「這是字謎，應該是猜兩個字。」雖然心裡已經有了答案，但為了不減少氣氛和趣味，我保留尺度的稍微提醒了眼前的美女一句。

「原來是字謎。」謝雨瀅驚呼，緊接著抬頭小心翼翼地望了我一眼，像是怕被人笑沒內涵，硬是鼓著底氣道：「當、當然是字謎，誰一眼都能看出來。關鍵是裡面的內容。」

「應該是只有兩個關鍵字，可以指出醫院裡特有的某個房間。而那個房間裡，就放著我們今晚的大餐。」我忍住笑再次提醒。

謝雨瀅不服氣的哼了一聲，「人家當然知道，站在外邊亂哈拉怎麼可能把晚餐挖出來，我們進去繞看看，一定會觸發靈感。」

我暈，這麼簡單的字謎還需要觸發靈感？這位美女也把靈感看得太淺薄了吧。只是有她這種單純想法的人似乎不在少數，有一對已經推開青山療養院虛掩的大門，準備朝裡走了。錢墉那一對也沒有例外。

鬱悶，那傢伙身為主辦人，東西也是他自己放的，居然還要裝出一副無辜不知情的樣子，明顯是想藉醫院中獨特的恐怖環境嚇小女生。

也懶得拆穿他，正猶豫著自己需不需要那麼早進去，身旁的謝雨瀅已經用力拉了我一把。「想什麼呢，快點走，小心我們的晚餐被別人搶了！」

我實在是無言了，每對搭檔的字謎應該都不一樣，而且在那麼大的建築群裡，想要碰巧找到四樣特定的東西，無疑是大海撈針的另一種形式，哪有那麼僥倖的？

跟著這位沒大腦的女孩向前走，我無意識地望向眼前洞開的醫院大門一眼。不知是不是錯覺，就在那瞬間，身體猛地顫抖了一下，身上甚至冒起了雞皮疙瘩。

不是出於寒意，而是有種刺骨的冰冷，猛地灌入大腦中。我彷彿溺水的人般，不但快窒息，還承受著巨大的水壓，只是這種突如其來的感覺，卻在跨入大門後唐突地消失得無影無蹤，就彷彿根本不曾存在過。

謝雨瀅疑惑地望著我，「怎麼了？」

「剛剛妳沒有感覺到什麼嗎？」我指了指門外。

「沒有。」她打量著我，「你有什麼感覺嗎？」

「沒什麼，應該是錯覺吧。」我搖頭，快步向前走去。

謝雨瀅追上來，用手指抵住下巴，說道：「你很奇怪耶，幹嘛話只說一半，太不禮貌了！」

「真的沒什麼。」我打著哈哈，眉頭卻皺了起來。剛才真的是自己的錯覺嗎？還是，又有什麼不好的事情即將發生？

第二章 DATE：四月二十四日陽屍

撿骨這個行業很辛苦，而且規矩非常多，甚至許多撿骨師都不得善終。這是師父從前講的，不過人活了一輩子哪裡沒有什麼意外，見多了，也就看開了。

凡是葬在「九陽點睛穴」的屍骨，屍身都帶著強烈的陽氣，開棺需要等到極陰之刻，也就是午夜十二點新舊交換、晝夜更替的時間。

現在接近午夜，趙因何抬頭望向懸掛在天幕中央的明月，很好。月光越是明亮，陰氣也就越重，到時候就算自己犯了逢四不開棺的忌諱，應該也出不了什麼太大的問題。

「小三小四，點蠟燭、焚香、燒紙錢給墓地周圍的好兄弟開路。」趙因何大叫了一聲，自己拿起鋤頭開始在墳頭上挖起來。

雖然漢人講究入土為安，但客死異鄉之人的地位卻很尷尬。稍微有點錢的還好些，雇上一名道士，千里迢迢地將屍體送回老家，可無親無故的可憐人大多被裹上一層爛布蓆子，扔到荒野上，讓野狗吃得只剩下骨頭，甚至屍骨無存。

風乾的骨頭放得久了，怨氣也重了，常會引來災禍。撿骨師可以說是防患於未然的行業，將帶著怨氣的骨頭收撿入土，讓他們能夠早日輪迴，也算功德一件吧，只不過這些年政府對屍體的管理越來越嚴格，撿骨師這個行業也變得難做了。

看看錶，剛好午夜十二點。趙因何用力一挖，將最後的土層挖開，露出了一個醬黑色的陶甕。他微微皺了下眉頭，猶記得一年前自己用的是金斗甕，為什麼挖出來後陶瓷的顏色居然變了？

「小三小四，把甕抬起來，小心一點。」他直起腰用力捶了捶，大聲吩咐道。

兩個十八歲左右的小夥子應聲走過來，在金斗甕的瓶口掛上繩索，中間穿過扁擔，吃力地抬起。

裝滿人骨的陶瓷甕緩緩升上來，從土中剝離。在那一瞬間，一陣冷風猛地吹拂過來，小三小四渾身一顫，腳下沒穩住，整個甕頓時向地面摔去。

還好趙因何身手夠敏捷，用力扶住扁擔的正中央，這才止住摔勢，硬生生將甕穩在中央。

「兩個死娃子，都叫你們小心一點了。」他惱怒地喝道。

小三嚇得連忙解釋，「師父，我覺得這甕有點邪門，剛才我和小四感覺一股陰風從胯間吹過去，全身的骨頭都發麻了！」

「邪個鬼，我怎麼沒有感覺到！」趙因何眼皮跳個不停，猶自嘴硬。「把新的金斗甕抬過來，我們開始換骨。」

不知什麼時候起，風開始颳個不停，吹到身上如同黏進了骨頭裡似的，骨髓彷彿也要凍結。十多分鐘前還在頭頂的明月，此刻消失得無影無蹤，只剩下滿山的黑暗，十分詭異。

似乎能將靈魂也吞噬的黑暗中，蠟燭的光芒艱難地照亮著四周，說來也奇怪，不論風再大，蠟燭也只是不斷搖晃，卻沒有熄滅。

趙因何的眉頭皺得更緊了。總覺得四周的氣氛怪怪的，難道真因為自己犯了忌諱，天上的某個神靈發怒了？應該沒那麼怪異吧，就算是現世報也會直接報應到自己身上，哪會出現這麼多奇怪的現象。

還是，屍骨出了問題？

他的視線凝固在醬黑色的甕，以財子壽、龍鳳、雙龍鳳、雙鶴、雙龍雙鳳及蓮花為主的圖案上。

這個陶瓷甕確實是一年前自己買的那一批，只是為什麼顏色會變？一般來說陶瓷很穩定，就算在地底埋上萬年，也會保持原來的狀態，現在的狀況，自己從來沒見過。

趙因何把甕上的蓋子揭開，頓時一股惡臭傳了出來。他擺擺頭，朝裡看了一眼後頓時大驚失色。原本好好擺在甕中的骨頭已經完全散開，七零八落地散亂在小小的空間裡，骨頭的顏色居然帶著新鮮的紅潤，像是剛從身體裡肢解出來似的。

他呆呆地看著屍骨，一動也不能動，大腦中思緒萬千，就是無法找出答案。

一般出現陰屍的現象，骨頭會呈現深黑色，但眼前的狀況完全反了過來。記得一年前他為這人撿骨時，已是他死後一個月了，屍體早已經腐爛。

飛馳的火車將他的屍體輾得支離破碎，他花了三天時間沿著軌道走了幾百公尺，才將所有的骨頭撿回來。

那時屍骨的成色已經變得很黯淡，現在的狀況絕不正常。雖然明顯不是陰屍，但應該也不會是好兆頭。還是早點燒掉穩當。

思忖再三，趙因何站起來，吩咐道：「不用換骨了，我們先將金斗甕抬回去。」

小三小四抱怨了幾句，但又不敢違抗師命，只得磨磨蹭蹭地抬著那一甕詭異的骨頭往回走。

希望不會出什麼大事才好。趙因何向天空望去，黝黑的夜幕，完全沒有星光和月亮，彷彿能將人整個吞噬進去。眼皮，又開始劇烈地跳起來，再次看向曾葬著那具屍骨的「九陽點睛穴」，猛地，他似乎看到什麼泛出微弱光芒的東西。

使勁揉了揉眼睛，確實沒有看錯，黑洞洞的挖掘口，底部的最深處真的有不知名的物體，正在反射比黑暗稍稍明亮一點的顏色，他好奇地跳下去，將那些東西拿了出來……

※　※　※

DATE：四月二十五日下午三點二十六分

「喂，還要走多久才到啊？」一行六個年輕男女揹著鬆垮垮的登山包，在山路上走著，其中有個女孩用力捶著身前男孩的肩膀，抱怨道。

「要不了多久了。」男孩翻出地圖看了看，「黃憲村就在前面兩公里的地方。」

「還有兩公里？不行了，我要死了！」女孩子將背包扔在地上，乾脆地一屁股坐下去。

男孩無奈地望了同伴一眼，吩咐道：「那我們就地休息一下，趙宇，把礦泉水分給大家。」

走在最後的男生點點頭，打開包包，為每個人遞去一瓶水。

「沒想到公車只在山下停，剩下的七公里山路完全沒有交通工具能上去，都不知道那個村子裡的人怎麼過活的。」趙宇也坐了下來，擰開瓶蓋把水喝了個痛快。

「我就覺得奇怪，為什麼大學社團活動，一定要到那個幾乎與世隔絕的小山村裡去？」這個三男三女組合的隊伍，應該是某大學的某社團成員，中間那個長相文靜、短髮的女孩翻出地圖咕噥道。

「小伊，那個村子並沒有很封閉，只是交通不發達罷了。而且中間有一條鐵路幹線通過，每隔一個禮拜就有火車帶著村子所需的必需品過來，然後把村子的特產帶出去。我們可是民俗學社團，這麼有趣的典型生活模式怎麼能放過。」

說話的是一身龐克造型的男生，金黃色的頭髮尖尖豎起，右邊耳朵上密密麻麻戴著一排耳環，光看外表實在很難將他和民俗學三個字連接起來。

「那我們怎麼不直接坐火車進去？張訶，你們這些臭男生不是故意想看我們出糗吧？」小伊一副面色不善的樣子，張訶嚇得完全沒有了龐克酷酷的氣勢，閃電般的躲到不遠處一個男生的背後。

「隊長，小伊又欺負人家！」

隊長孫敖聽得寒毛都豎了起來，乾澀地笑道：「張訶，你確定你不是Gay？」

「人家不是！」張訶男人味強烈的臉孔上浮起一層紅暈，「人家只是比較女性化罷了。」

「算了，管你那麼多，總之離我遠點。」孫敖在他屁股上狠狠踢了一腳，用手扶住金絲透眼鏡衝小伊笑著解釋：「黃憲村通行的火車都是貨運車，不能載人，所以我們只能靠雙腿爬上去。怎麼，我們小伊鬧脾氣了？要不要我揹妳？」

「算了吧。」小伊撇了撇嘴，「就算我願意，某人也不肯吧。」說完朝身旁小心翼翼地瞥了一眼。

一直坐著沒有說話的女生終於開口了，她輕輕地理了理被風吹亂的柔順長髮，淡然道：「只要某人願意，我是沒意見的。」

「曉雪姐，那我可不客氣了哦。」小伊眼睛一亮，嘻嘻笑著站了起來。「隊長，揹揹！」

就在這時，最早發脾氣抱怨的女生突然從地上彈起來，恐懼得大聲尖叫。

「小芸，妳怎麼了？」頓時所有人都緊張地起身向她跑來。王芸只是一個勁兒地尖叫，不斷原地跳著，指著不遠處的草叢。

趙宇一把按住她的肩膀，「冷靜點，到底怎麼了？」

女孩大叫著撲進他懷裡，將頭藏在他胸口，全身都在顫抖。「蛇，有蛇。」

所有人都鬆了一口氣，只是眾美女感同身受，一個接一個變色。

來時就做過調查，附近有害的生物並不多，能夠危害到人類生命的，更是幾乎沒有。蛇類也只是些小蟒，沒有毒，不會對人造成威脅，不過女孩子總會怕些蛇蟲鼠蟻之類的，情有可原。

孫敖長長吐出一口氣，這次自己是領隊，如果期間出了任何問題，其他人的家長不把自己生吞了才怪，真他媽的壓力沉重！

而且帶來的女生雖然臉孔身材都不錯，不過所謂美女，就是積累了各式壞習慣的人種，平時被周圍人嬌生慣養、阿諛奉承慣了，一路上帶來的麻煩，讓自己實在不足以用焦頭爛額來形容。

「好了，我們也該繼續趕路了。天都快黑了，再不進村子，恐怕連住的地方都找不到。」他伸了個懶腰。

經過那個小插曲，眾美女也無心逗留，將身上的背包殘忍地扔給男生，一副受傷小女生的可憐模樣，催促男生當敢死隊，快步向山上走去。

兩公里山路不用多長的時間就能抵達，穿出竹林，視線豁然開朗，一片生機盎然的田園風光，依據山的層次，錯落分布在高低不等的斜坡上，美得令人驚嘆。鄉間偶爾有幾棟青瓦房坐落，更是增添了一種說不出的恬靜。

「好漂亮！」曉雪驚訝地捂著嘴，看慣大城市的喧囂，再來感受這份安寧祥和，任誰都會在這種落差中失神。沒有人再說話，只是一眨不眨地望著黃憲村幽靜的風景。

一條銀鏈將山谷分成兩半，銀鏈中的河水奔騰著，從東邊日出的高山中流瀉而來，穿過谷地，最後優雅的一彎曲，消失在南邊的群山中。

這應該就是黃憲村的母親河，著名的《神州江河志》上也有過記載，它起於東面最高大的那座山，是頂峰萬年積累下的冰雪融化成的河流，流水不斷匯集，流動百里，最後匯入長江。

將行李放入村子唯一的一家小旅館，女孩們便興奮地跑了出去。三個男孩神秘兮兮地相互打了個眼色，進了孫敖的房間。小心關上門，趙宇拿出一張古舊的地圖，三個人便趴在床上，低聲交流起來，並將沿路的景象和地圖上做對比。

「你說寶藏會藏在哪裡？」張訶滿臉嚴肅，完全沒了女性化龐克的姿態。

孫敖皺了皺眉頭，「這張地圖和黃憲村現在的樣子實在差異太大。趙宇，圖是你找到的，你先說說你的看法。」

「說實話，我在社團資料室一本很冷門的書的封面夾層裡找到這張地圖時，很懷疑是不知哪屆的學長給學弟開的玩笑，但又耐不住好奇，於是在地圖邊角撕下一點點，拿到市鑑定所鑑定。

「當我看到報告時，整個人都呆住了。這張地圖，竟然真的是西元一二三三年繪製的，所用的質料是絹。

「雖然當時紙張還沒普及，但絹過於昂貴，也不是最好的文字圖畫載體，所以我得出了結論，這張圖或許是匆忙中畫的，也或許畫圖的人出自貴族階級。順便說一句，這張絹的材質我也調查過，正是一千七百多年前四川產的。」

趙宇思忖著，「接下來的東西大家都有各自調查過吧！不妨說出來，或許能給其他人一些啟發。」

「我的想法在出發前就已經說了。」張訶看了孫敖一眼，「但是我覺得很悶，明明是出來尋寶，當然是人越少越好，幹嘛帶一群娘們出來？怕我們還不夠顯眼啊。」

孫敖神秘地笑了笑，「當然是怕不夠顯眼。我說小訶，你想得太不周全了，你想想，突然有一群人跑進了相對封閉的山村，電影和連續劇裡通常是怎麼演的？」

「當然是對那群人抱著警戒或者敵意啊，怎麼了？」

「笨蛋！既然你都知道，幹嘛還想不出我的用意？」孫敖取出一支菸抽了起來，「美女是這個世界上共同的語言，雖然有時看起來很累贅，但對我們的目的而言卻有許多好處。

「你看我選的那些女孩子，一個兩個都驕橫到天上去了，青春又有活力，最重要的是，對村子裡的人而言，她們穿得夠暴露。

「這樣一來，所有人的注意力或者言論都會集中到她們身上，到時候我們行動的阻力也會小很多，很有可能根本就沒有人會注意到我們奇怪的舉動。

「最後一點，這三位美女似乎都沒有深入思考的習慣，包括我女友，這也是我選擇她們的關鍵。」

三個男孩相互望了對方一眼，哈哈大笑起來。

「靠，你小子果然奸詐，就連自己女友也要算計。」張訶笑得忍不住用力拍床。

孫敖淡然道：「這談不上算計，等找到了寶藏，少不了她們那一份。只是在那之前，當然要讓她們站對位置，演好這場戲。」

還想說些什麼，門外猛地響起了不耐煩的敲門聲，看來是那三位姑奶奶回來了。

迅速將地圖藏好，趙宇面不改色地起身開門，何伊首先衝了進來，她滿臉的興奮，麻雀一般急促地說道：「隊長，隊長，聽說今晚有一戶人家會在義莊洗骨守靈，我們偷偷地去看看吧！人家從來沒有看過什麼洗骨呢！」

孫敖輕輕皺著眉頭，顯然不想在新來乍到時，就給村人留下不好的印象，正要拒絕，女友曉雪看了他一眼，開口道：「我也想去看看。」

剛要說出的話語，硬生生地被自己堵塞在喉嚨口，自己的女友究竟是怎麼了，她很少對某件事情產生興趣，難道這次的事件並不單純？

孫敖想了想，苦著臉裝出妥協的樣子道：「要看可以，不過，先仔細計畫一下。大家都是學民俗的，應該知道，洗骨守靈時最忌諱被生人看到，如果真的被人發現了，我們只能準備逃亡。」

何伊興奮得小臉通紅，壓低聲音道：「隊長，你是不是覺得很奇怪？一向文靜的曉雪姐姐，這次為什麼很堅持吧？這裡邊的原因可大了，剛剛我們一出門，就聽到一個六十多歲的男人站在一戶大門前咒天罵地的，聽了半天才知道他應該是個撿骨師。

「那老頭說昨晚撿來的屍骨有問題，應該趁早燒掉。但是那戶人死活也不出來。真的很搞笑。」

張訶撇了撇嘴，「老套，如果不裝出有問題的樣子，那些欺神騙鬼的人哪裡還有飯碗可以混。」

曉雪微微搖頭，「他的表情不像作假，我看那副屍骨真的有問題。有點好奇。」

「據說只有陰屍才需要燒掉，而且一般會在中午十二點陽氣正盛時。哪會有人給陰屍洗骨，而且還是晚上？」孫敖托著下巴思忖了半晌，「妳們確定沒有聽錯？」

「當然沒有，我也聽到了，阿宇可以作證！」王芸插嘴道。

趙宇苦笑，「但我好像人留在旅館和隊長亂哈拉吧。」

「管那麼多幹嘛，誰叫你是人家的男友，總之叫你作證，你就作嘛！」王芸挽住他的臂膀用起撒嬌必殺技。

他立刻頭大的丟盔棄甲投降了，「好，我證明，小芸確實聽得很清楚。」

孫敖皺起眉頭，「那妳們有沒有聽到村人說是幾點洗骨？」

「好像是午夜十二點左右。」

「十二點？太奇怪了！難道那具屍骨並不是陰屍？」這位民俗系高才生苦思後，依然不解。突然感覺一雙柔滑的小手撫在臉龐上，他抬起頭，看到了一對水汪汪的明亮大眼睛。

「不准亂皺眉頭，小心長了皺紋，我可會把你甩掉。」曉雪輕輕地摸著他的額頭，他微笑回應，頓時周圍響起了一陣酸酸的搞笑叫聲。

「笑什麼笑，你們也有這一天的。」曉雪滿臉通紅，裝出不在意的神色望向窗外。

孫敖尷尬地咳嗽了一聲，「好了，我們來計畫一下，究竟該怎麼神不知鬼不覺地偷看。一般而言，洗骨會在村子的義莊前進行，為了表示對死者的尊敬，還會設靈堂。聽妳們剛剛的說詞，我也有點心癢了，有趣，真的沒有聽過需要在午夜清洗的屍骨。」

他轉頭吩咐道：「那眾位美女帥哥，大家盡量出門打探消息，還有義莊周圍的環境。我們晚飯前半個小時集合，大家好好商量一下。」

眾人興沖沖地向門外衝去，曉雪剛起身，就被孫敖抓住了。

小心地看了看四周，見人都散光後他笑著問：「現在妳可以說了吧，我的大美女，妳為什麼會對今晚的洗骨感興趣？相處了這麼多年，我不會不了解妳的喜好。」

曉雪靜靜地看著他，許久，才緩緩道：「那麼你可不可以告訴我，你們三個男生跑到這裡來的真實目的是什麼？不要告訴我是來考察生態，我不笨。」

孫敖一時語塞，她輕輕笑著，在他臉頰上吻了一下。「親愛的，如果你哪一天突然想說出來的話，我很樂意當聽眾。我出門了。」

說完後便下了樓，消失在拐角處。孫敖呆呆地站在原地，大腦稍微有些混亂。從大二到大四，他們交往了三年，但是此刻他突然發現，這位同居了許久的女友，自己似乎並不是真的很了解。

或許，他們根本就沒有真正了解過對方吧……

實在麻煩，或許有些事情已經開始複雜化了！

※　※　※

DATE：四月二十五日凌晨

趙因何很不爽，不爽到想發飆，可是找不到可以發飆的目標。自己的兩個徒弟躲得遠遠的，於是他用力撕扯紙錢洩憤。

今天任憑自己好說歹說，李寡婦就是不同意把自己老公的屍骨燒掉。她好不容易打開門後，抱著自己的大腿就哭天喊地，說自己老公死時便已碎屍萬段，如果剩下的骨頭還被燒掉，死了也不會安寧。

焦頭爛額的怎麼說也說不通，他只好要求幫她老公洗骨入甕，再重新找個地方好好安葬。暗地裡其實在盤算怎麼找個機會將屍體偷出來。

說起來這個李寡婦也不簡單，自己的打算似乎完全被這女人看穿了。她無論如何也要賴著看洗骨的過程，說是要送老公最後一程。

真是荒謬，洗骨入甕最忌諱的就是有女性在一旁，祖宗要知道了，非從棺材裡跳出來掐死自己不可。

可當時自己怎麼就糊裡糊塗地答應了呢？自己究竟在想什麼！

他自責地拍拍腦袋，小三畏縮地走過來，小心翼翼地道：「師父，時辰到了。」

抬頭向外望去，月已經升到了天空中，黯淡的光芒灑在地上，不遠處的楊柳拖出長長的影子。風不大，但卻吹得柳枝不斷搖晃，影子也在晃動。就像有千萬個陰魂躲在那片影子中，緩緩地蠕動，等待著將闖入的人生吞下去。

趙因何不由自主地打了個冷顫，不知為何，不但眼皮直跳，心裡更有種不祥的預感。夜色越濃，那種預感越重。

他承認，自己在莫名的害怕，入撿骨行業這麼多年來，他第一次害怕自己的飯碗——那堆怪異的骨。

狠狠咬下嘴唇，他看到遠處李寡婦慢慢走了過來。鼓起力氣，將稍微有些發抖的手放在金斗甕上一撐，好不容易才站起身子。

算了，還是別想那麼多，工作吧。

根據習俗，洗骨入甕是不能進義莊的，只能在門口進行。原因是義莊中長期擺放著大量屍體，陰氣非常重，不適合將原本便帶著怨氣的人骨入甕。但今天要洗的屍骨非常特別，特別到萬年難見。

自從昨晚回家後，趙因何就不眠不休地翻著歷代流傳下來的撿骨師典籍，終於在一本很古老的書中，發現了類似的例子。記錄下那個事件的撿骨師也不是當事者，只是耳聞到了些許片段，他稱呼那種屍體為「陽屍」。

出現「陰屍」的原因，是死者臨死前帶著過多的怨氣，而後又被誤埋入陰穴裡。往往這樣的屍體久了之後便會屍變，危害一方，所以吃死人飯的行業對這些屍體多有敬畏，一旦發現都會毫不猶豫地燒掉。

可「陽屍」究竟是怎麼出現的，根本無法考證，或許有記載的，也不過是八百多年前的那一場悲劇。

據說四川西方的某個小鄉村，在南宋末期曾經出現過一次「陽屍」，不久後整個村子三百多人憑空消失，只留下死氣沉沉的間間空屋，直到現在，也沒有人敢在那裡過久的居住。那個時期的撿骨師在記錄了這件事後，便前往村子調查，從此再也沒有回來。

就憑這些記載，趙因何也不敢冒險，不管怎樣，骨頭，一定要燒掉。洗骨入甕很耗費時間，那李寡婦身體並不好，就算撐到守靈，也會睏得打瞌睡，那就是機會，到時候偷偷將「陽屍」換掉，來個神不知鬼不覺，再找個地方把假骨埋了。自己就不信，她一個婦道人家真能把骨頭給認出來。

見人到齊了，他囑咐道：「小三小四，把傢伙全都搬進去。」

小三小四同時愣了一下，不解的小聲問：「師父，您不是說洗骨入甕不能——」

「這個你們別管，我自有安排。難道你們比師父還懂？」趙因何不耐煩地打斷了他們，率先走進了義莊的後堂。

所謂後堂，便是停放屍體的地方。這些年來各地陸續採行火化，只有骨頭因為佔地不大而且腐爛不嚴重，政府才批准入土為安，想起來都覺得有些諷刺。

現在義莊早已經空無一物，只剩下幾口沒有上蓋的空棺材，還孤零零地放在地上，也不知道放了多少個年月。

所謂義莊，即使在這個稍微封閉的小村子，也早已成了個形式。

典籍上有歷代撿骨師的點評以及分析，雖然對「陽屍」的說法各執一詞，誰也沒有真正看過，但有個觀點還是很統一，便是對待「陽屍」，要和「陰屍」相反。即便這個方法沒有考證過，可趙因何也根據長年的經驗判斷出方法的可行性。

或許，這也是唯一的辦法了。

小三小四吃力地將盛著「陽屍」的罐子抬進來。趙因何裝作不經意地瞥了李寡婦一眼，俐落地打開早已變得漆黑的金斗甕，將一年前親手放進去的骨頭，小心翼翼地撿了出來。

這具屍體究竟發生過什麼？為什麼裡邊的骨頭會亂七八糟？撿骨師將骨入甕只有一種排列形式，便是採「觀音趺坐」的姿勢，一般而言，這樣的姿勢會永遠保持下去，除非受到外力破壞。

可這一年多來村子並沒有地震，而且自己在挖墳時，也沒發現有盜墓的情況。那麼骨頭，為什麼亂了？還有李寡婦所說的托夢，會是真的嗎？

看著師父將屍骨拿出，小三小四吃驚地瞪大了眼睛，全身僵硬地呆住了。一年前，這個人的骨頭是他們曬乾的，但現在拿出的骨頭居然骨層紅潤，甚至能看到裡邊流動的骨髓，完全是一副新骨的模樣，讓人不由得感覺背後一陣惡寒。

趙因何沒有再理會任何人，完全融入了工作中。

首先是洗骨，因為這些骨頭曾經曬乾過，雖然現在似乎變質了，他也沒有準備再曬一次。時間每往後拖一秒，變數都會增加許多，他賭不起。

所謂洗骨，便是將風乾骨頭邊的雜質殘肉用刷子清除掉，但這道程序從前也做過，現在只需要清理灰塵和泥土。他右手拿起細毛刷子，首先從腿骨開始清理。

這個看似簡單的工作，足足持續了一個多小時，接著便是入甕了。

他來到新拿出的金斗甕前，用尺子比劃著。盛放骨頭的甕正面，通常是以圖案的中央為準，然後以鉛垂的線及傳統方式將甕的中央線畫出來。

因為人的骨骼結構是對稱的，所以這條線對於後面骨骸的排放有很重要的影響，因此歷代的撿骨師都會很慎重地將基線測量出來，再以這條線為基準，考慮骨骼的排放。

很快，中央線便在他熟練的操作下初次測量出來。趙因何從身上拿出一雙筷子，檢測是否均等對半。這種方式在各種測量工具還不發達的時代，已經算是很精確的複算方法，即使到了現代，撿骨師們出於對祖宗智慧的尊敬，也還沿用著。

然後才是真正的入骨。就一般屍骸而言，進入甕中的骨頭，全都用「觀音趺坐」的姿勢，首先放入的是腿骨。而「陰屍」是不需要擺放的，反正都會燒掉，幾乎都是胡亂地將其倒進甕裡便算了事。

但是對於「陽屍」，自己沒有任何前人留下來的資料，只好靠多年積累下的經驗判斷，思忖了半晌，最後，才決定採臨時創新出一秒前才剛命名的「羅漢倒趺」，也就是將從前的排列方法完全顛倒過來。

底部先用木炭填實，他取出黑狗血，摻入朱砂，合成深紅到幾乎呈現黑色的顏料。用毛筆蘸了一點，沿著頭骨眼窩周圍畫了兩道圈，再將整個圈填滿。頭顱向下地放進了甕裡。

接著是脊椎，有的往生者因為年代久遠，骨骸腐化不全，這時便將脊椎的環節直接放入甕內，如果是完整的骨骸，便用柳條及紅絲線將其串接起來，猶如一條完整的脊柱。

可是這次的屍骨實在很棘手，脊椎骨自從拿出來，接觸到空氣便如同鞭子一般直直地延伸，如同人挺直胸口似的，不管怎麼樣也沒有辦法軟化，只好暗中將骨打碎，這才放了進去。

再鋪上一層木炭，將洗骨時便已分左右兩邊撿放的肋骨，各用一條紅線綁起來，趙因何憑著多年的經驗，輕易地辨識出位置，絲毫沒有弄錯。

然後是坐骨，取出對稱的坐骨，將位置核對之後便放在大腿骨下，即完成顛倒坐姿。因為身體結構的不同，男生和女生的坐骨分辨處在中間圓洞，一般而言男生的坐骨較小且洞口小。

這樣屍骸的上半身便已經完成。繼續塞入木炭，金斗甕裡的木炭不但可以用來保持乾燥，也能讓擺放好的骨頭不至於移位，亂了身形。

之後的排列便簡單了，坐骨之後是腳趾、腳掌及小腿骨，然後是大腿骨。開始時還因為不太適應這種方式的趙因何越做越快，大約半個小時後便全部弄好了。

封上蓋子，用力捶著脊背，他長長吸了口氣。

「小三小四，剩下的你們應該知道怎麼做，我要出去準備一些東西。」他囑咐道，向義莊的大門走去。

和自己的徒弟錯身時，藉著視線死角的機會，趙因何迅速低聲道：「給我注意李寡婦的一舉一動，如果她守靈堂時睡著了，就到外面的林子裡找我。小心一點，這件事如果搞砸了，全村人都會沒命。」

見師父說得可怕，小三嚇得全身都在發抖，唯唯諾諾了好一會兒，才張羅起靈堂的事情。

靈堂上不過就是點著幾支白蠟燭，擺上供品，燒幾堆紙錢。李寡婦哭哭啼啼地跪坐在地上，抱著盛了骨骸的金斗甕喊天叫地，折騰了半個多小時才站起來，將準備的汽車洋房一股腦兒地燒掉。不得不說，就某些方面而言，女人確實比男人更有耐力。

小三小四這兩個年輕人都幾乎要受不了，快被折磨瘋時，李寡婦終於累了，靠在牆角小睡起來。

四周頓時變得如死般的寂靜，義莊的燈昏暗地照亮著四周，蠟燭在空氣裡燃燒，渲染著令人頭皮發麻的氣氛。

小三小四緊緊靠在一起，低聲咕噥著最近的八卦，最後視線停留在金斗甕上。

「小四，你說那具屍骸究竟有什麼問題？該不會是『陰屍』吧，但為什麼師父剛剛洗骨入甕時，要把骨骸倒著擺？」

小四原本便不是個想得很深入的人，隨意搖搖頭，模糊地道：「師父肯定有他的道理。」

「你說那具骸骨會不會屍變？」小三不無擔憂。

「笨蛋，既然你說是屍變，可哪來的屍體？那人已經只剩下一堆骨頭了，還能變出個什麼來？」

「但師父那副緊張的樣子我從來沒看過。」小三皺起眉頭，「絕對有什麼，只是師父沒有對我們講……」

話音還沒有落下，有個東西突然跳了下來。小三小四嚇得幾乎癱倒在地上。是貓，一隻老貓慵懶的用亮得發綠的眼珠子，一眨不眨地盯著他們，許久，才打了個哈欠，從門口跑出去。

「原來是貓，差點沒把我嚇死！」小四用力捶著胸口。

小三依然直愣愣地望著貓消失的地方，全身都在顫抖。「小四，你有沒有注意到那隻貓的顏色？」

「是黑色，怎麼了……啊！」小四回憶著，話從嘴裡吐出來，自己也覺得不太對勁。黑色的老貓，實在太不吉利了！

「我記得村子裡根本沒有人養黑貓才對，你說，那隻貓是從哪裡竄出來的？」小三的聲音也開始發抖，他艱難地說著。

「我……我怎麼可能知道！」小四也害怕起來，「對了，師父說李寡婦睡著了就去叫他，我們趕快過去。」

小三點點頭，起身正要出門，但幾乎處於密閉狀態的後堂裡颳起一陣風，將掛在屋簷上的吊燈吹得大幅度搖晃，蠟燭頓時全熄滅了，然後便是燈，只見它撲閃了幾下，接著開始變得黯淡，最後什麼光亮都不再湧出。

黑暗，徹底的黑暗，就算伸出手都看不到五指。

小三小四被突如其來的狀況嚇得一動也不敢動，肌肉僵硬，許久過後才試探性的小聲叫起對方的名字。

「小三，你、你小子還在嗎？」

「我、我還在。」

「有沒有聽到什麼奇怪的聲音？」

「好像有！」

心臟在瘋狂地跳動，屋內黑漆漆的什麼都看不到。小三渾身都怕得顫抖，他一邊答著小四的話，一邊向聲音的方向摸去。突然，不遠處似乎能聽到什麼東西僵硬跳動的聲響。他嚇得大腦一片混亂，再也不敢動了。

「小三，你小子怎麼不說話了？」小四提高了嗓門，「快摸到前邊去把門打開，義莊的保險絲燒了。」

屍變，絕對是屍變。小三的腦海中只有這麼一個恐怖的詞彙。隨後，他回憶起師父說過的話，遇到屍變時，千萬不要呼吸，不要發出聲音，也不要動。

於是他緊緊地捂住自己的嘴，死也不發出絲毫的聲響。只聽見那僵硬的跳動聲緩慢地轉了個方向，朝著小四移動過去。猛地，小四的沙啞聲音戛然而止，像是母雞被掐斷了脖子，發出咯咯的痛苦低沉呻吟。

他怕得要死，悄悄地蹲下，將頭深埋進雙膝中。不知過了多久，那種痛苦才在壓抑詭異的氣氛中變得無聲無息，他赤裸的腳底似乎感覺到了一股黏稠的溫熱。是血？

就這樣靜悄悄地小心呼吸著，死死抑制著內心的恐懼以及深入骨髓的顫抖，不知道過了多久，遠處，傳來了雞叫聲。

天，終於亮了？

※　※　※

DATE：四月二十五日晚上十一點零七分

孫敖一行人早在晚上十一點時，便靜悄悄地埋伏在離義莊只有五十幾公尺的樹林裡。這個位置的視野開闊，用高倍望遠鏡不但可以清楚地看到義莊的大門，還不用擔心被人發現。

只是情況並沒有像他們預料中的那樣進行。眼看兩名年輕的學徒將骨骸和工具抬進義莊去時，孫敖的臉色便沉了下來。

「我說，那些叔叔阿姨不會發現咱們了吧？」何伊用手指抵住下巴小聲道。

「不可能，真的發現了，他們早就過來趕人了！」趙宇思忖片刻道，「各地撿骨的風俗習慣驚人的一致，死人的屍骸是不能進入義莊的。難道那個撿骨師真的只是個單純的神棍，根本就什麼都不懂？」

孫敖皺著眉搖頭，輕輕扶了扶眼鏡。「看起來應該不是。他準備的東西很齊全，難道是屍骸真的有某些問題？」

「算了，總之也看不到，我們回去吧。」王芸打了個哈欠，一個勁兒往身上噴防蚊液。

「再看一看好了，總覺得事情不會那麼單純。」孫敖不置可否。

曉雪大有深意地瞥了他一眼，接著臉上流露出疲倦的神色。「小伊、小芸，我們三個先回旅館好了。他們男人想事情老是喜歡複雜化，我們不陪他們瘋了！」

兩個女孩子大感贊同地起身便向林外走。曉雪俯下身子，輕輕在孫敖耳邊問道：「現在，有沒有想要對我說些什麼？」

「暫時還沒有。」他轉過頭衝她燦爛笑著，露出整齊潔白的牙齒。

曉雪微微有些失望，跟著前邊兩個同伴的身影走掉了。

林子裡只剩下了三個男生，雖然依舊保持著剛來時的沉默，但不知不覺間感覺冷清了許多。

張訶忍不住望向孫敖，不解地問：「東西都抬進去了，我們應該看不到什麼稀奇才對，幹嘛還留下？」

趙宇笑著解釋，「我想敖老頭應該是發現了什麼。」

敖老頭是孫敖的綽號，因為他是三人中考慮問題最全面，奸猾老到得像是個經驗豐富的老頭子。

順帶一提，張訶的綽號是母兮兮，原因是他總做出一副小女人的模樣，十分噁心。而趙宇的綽號是壽司，原因不明，只有死黨聚在一起時，他們才會互相吐槽對方。

「也不是發現了什麼。」孫敖淡然道，「只是覺得那個撿骨師的行為實在太反常了。老一輩的人都知道，屍骸不能進義莊，陰屍更加不能進去，我想他應該不可能不清楚。那麼那具屍骸絕對不普通，也不可能是陰屍。

「或許，骨骸上出現了從前幾乎沒有記載過的現象。你們，不覺得很有趣嗎？」

「你的意思是，會跟埋在村子中的寶藏有關？」趙宇眼睛一亮。

「沒錯，為什麼他要打破傳統，將屍骸連著挖出來的金斗甕一起抬進去，恐怕就是不希望有人看到甕內的情況。」孫敖點頭道。

「試想一下，既然我們都清楚附近有一處很龐大的墓葬，墓葬中埋藏著大量的財寶，但村子裡的人肯定不知道，畢竟，這附近從來沒有流傳過類似的故事。但有沒有可能那個撿骨師昨晚挖骨時，偶然發現了什麼，他怕身旁的人知道，偷偷地藏在了甕裡？」

「絕對有可能！」張訶也是眼睛一亮，「這樣也剛好可以解釋，為什麼撿骨師會那麼反常。哼，就算他沒有挖到寶藏，也可能找到了某些和寶藏相關的東西。敖老頭，果然有你的。我就知道這裡邊最聰明的就是你！嘻嘻！」

說著不由得尖著嗓子笑起來，那不陰不陽的聲音，聽得其餘兩人雞皮疙瘩掉了一堆。

「那我們現在該怎麼做？」趙宇還算冷靜。

「當然是留在這裡等可以溜進去的機會，然後明天再到那個撿骨師挖掘過的墓穴調查看看。」孫敖想了想。

於是三人決定繼續等下去。過了一個多小時，趙因何急匆匆地走出義莊，鑽進不遠處的樹林裡躲起來。孫敖等人對視一眼，不由得對那個結論更加有信心了。

又過了半個多小時，突然義莊裡的燈光全暗了下去。不知為何，從裡邊傳出了一陣雞叫。怪了，不過才凌晨兩點過，雞哪裡會叫，何況是從義莊裡？

撿骨師首先忍不住了，起身向義莊跑去，眼見他推開門，然後周圍又恢復了寂靜，什麼聲音也沒有傳出來。過了良久，也沒有見人走出。

孫敖也不耐煩起來，「趁現在，反正裡邊也看不見，說不定能偷聽到某些重要的線索！」

夥伴們點點頭，敏捷地衝了過去。進入敞開的大門，裡邊果然黑漆漆的，伸手不見五指。更詭異的是，居然聽不到任何聲響。

按理說，人處在黑暗中不可能不慌張地找出口，難道這也是儀式的一部分？還是，他們根本就是知道有人在偷看，故意將自己引出來？

內心升起一種不祥的預感，越是往前走，孫敖越是緊張，身體甚至莫名的發抖。雖然是四月天，最近的天氣也反常的熱，可義莊裡的溫度卻異常寒冷。不知道自己呼出的氣息，是不是在空氣裡形成了白霧。

雖然什麼都看不到，但他依然神經緊張地睜大眼睛，摸索著向前走，突然，腳下絆到了什麼東西，他幾乎摔倒在地上。

手摸過去，是人的身體，不知道是男是女，橫躺在地上，還有體溫，向右邊繼續摸下去，手很快碰到了一灘黏稠的液體，腦海中，頓時有幾個詞語冒了出來。

他用力捂住自己的嘴，用顫抖的右手將手電筒轉開，一束光亮立刻將四周的黑暗排開。地上橫七豎八地躺著三具屍體，還有一名年輕男子用力地將拳頭塞在嘴巴裡，蜷縮在後堂的角落。

三個人完全被眼前恐怖的一幕驚呆了，僵硬地愣在原地，無法動彈。

「報警，我們快報警！」張訶聲音都變了，掏出手機就是無法正常的撥號。

「住手，這裡根本就沒有信號。」孫敖很快冷靜下來，緩緩望向四周。「再說兇手在哪裡？我們完全都沒有看到有人出來過。你想想，就算報了警，警方首先會懷疑誰？」

「那我們該怎麼辦！」張訶緊張得快要哭了出來。

趙宇很平靜，「我們就當一直都待在旅館裡，根本就沒有出來過。這裡的事情我們根本就不知道，明天一早再靜觀其變。」

「這怎麼可以，明明已經在我們眼皮底下死了三個人！」張訶想叫，被孫敖一把捂住了嘴。

「給我仔細聽著，就按壽司說的辦。」他的視線不經意地掃過供桌，突然被上頭的幾樣東西吸引住了。

「那是什麼？」他走過去，將那些玩意兒拿在手中。剩下的兩人也探過頭來，仔細打量一番，卻沒有做出任何結論。

趙宇遲疑道：「這會不會就是我們想找的東西？」

「很有可能。」孫敖將東西塞進背包裡，「不能再待在這裡，我們快點回去。」

說完三人便迅速離開了。

即使有人死亡，夜晚終究是夜晚，不久後，又恢復了它的平靜。

第三章 DATE：五月三十日黃金杖

再次看到錢墉來上學，已經是聯誼結束後的第三天了。他滿臉幸福的樣子，哼著歌，特意在教室裡繞了一大圈後，才過來用力拍我的肩膀。

「那個美女你泡到了？」我試探地猜測道。

「Bingo，完全正確。」用舌尖繞出一個洋文，錢墉得意洋洋地笑著點頭。

我大為驚奇，不由得多看了他那張實在沒有特色的胖臉幾眼。那副尊容居然真能把那位嬌滴滴的大美女弄到手，恐怕班上幾個自稱情聖大帥哥的傢伙知道後，還不臉綠得哭死。

「小夜夜你也很有一套嘛！據我女友透露，那個叫雨瀅的女孩對你很有好感。聽說你們已經交換了手機號碼？」

「那、那個，別誤會，那是有原因的。」小夜夜？我靠，這傢伙絕對和自己有仇。

我苦笑，突然想起聯誼結束後，謝雨瀅近乎強迫地讓自己交出了電話號碼，還嘟著嘴巴威脅道：「臭大色狼，不要以為摸了人家那裡隨便解釋幾句，就可以脫身了事了。人家一直都冰清玉潔的，除了我老爸，從來沒有被男性碰過。

「哼，不准反駁，總之你要負責任，至少，也要請我吃頓飯……」

搞了半天，她的冰清玉潔就值一頓飯？嗯，這個想法似乎稍微有點帶著顏色！

想著想著，突然聽到錢墉驚訝的聲音。「小夜夜，你小子口水都流出來了，在想什麼淫穢的東西？」

他湊到我耳旁，奸笑著。「說出來聽聽，咱們可是好兄弟。」

暈，誰跟你是兄弟？我尷尬地咳嗽幾聲，正色道：「最近睡不好，老毛病了。就你最色情，什麼都可以朝那方面聯想，當心我向你那位新上任的女友大人告狀。」

錢墉頓時再也笑不出來，臉色如同霜打的茄子一般，卑躬屈膝地向我搖尾巴。「千萬不要，我們可是好兄弟，超級哥們，一流麻吉，你可不要害我！」

我不由得笑了起來，越笑看得錢墉越心虛，再也不敢說什麼，丟盔棄甲地溜了。悶啊，我的笑容真有那麼可怕嗎？

下午市裡舉辦不知名的大型活動，全市放假。趴在桌上無聊地思忖著究竟該怎麼混時間，電話響了起來。

「大色狼，是我。」一聽那個清亮悅耳中帶著一絲迷糊的聲音，就知道是謝雨瀅那個剋星小妮子打來的。

「是妳啊？」我無精打采地敷衍。

「幹嘛你一點都不驚訝，居然還用那麼敷衍的語氣！」聽她的聲音，便可以想像電話那端，謝雨瀅氣呼呼嘟嘴巴的樣子。

「為什麼我一定要驚訝？」

「因為你絕對想不到我會打給你啊。」她說得理所當然。

我大笑著，「喂喂，妳把『絕對』這個詞看得太不值錢了吧，妳既然有我的電話號碼，我幹嘛一定要認為妳『絕對』不會打給我？」

「我不管，人家、人家……嗚，你欺負我！」謝雨瀅實在找不到話反駁，乾脆用忍道第三十六式——哭遁來掩飾。

「好了好了，算我惹不起妳這位姑奶奶大人還不行嗎？」我有氣無力地想將她打發掉，「對了，妳找我幹嘛？」

「對喔，都怪你，害我差點忘了。」她抱怨著，緊接著電話裡卻陷入一陣沉默。

我等了一會兒，就是不見她說話，忍不住問道：「妳該不是特意打電話來跟我玩木頭人遊戲吧？姑奶奶，打電話也是要錢的！」

「付錢的是我，大色狼你心痛什麼。」她哼了一聲，終於開口了。「那個，下午你有沒有事？」

「有。」我的回答斬釘截鐵，語氣不容置疑。

電話那頭又沉默了一會兒，然後聽到某美女咬牙切齒的聲音。「那我不管，總之下午一點半我在 RedMud 門口等你，大色狼敢不來的話，我，我就……」

「就怎樣？」我忍不住好奇地問了一句。

「我就到處宣傳某個夜姓高三生，讓某女大學生懷孕，然後始亂終棄，最後要所有人聯合起來聲討那個傢伙，很有意思吧。」

「我、我天涯海角都跟您去……」

汗！果然是最毒婦人心，哪怕那位婦人只不過是個十八歲有些犯迷糊的女孩。雖然至今都覺得，她還沒有發育成熟但是絕對有料的胸部手感很好，但還是稍稍有些後悔，看來就算是無意，有些人的便宜還是不能佔的。

說起來，最近怎麼老覺得自己被人壓了一頭，實在太不爽了！

儘管有千百個不願意，但時間還是很快地到了下午。我磨蹭了老半天，終於才到了RedMud門口，然後看到了背靠在牆上等待的女孩。

看得出這傢伙為了好好報復我，還精心打扮了一下下。

謝雨瀅並不高，一百六十公分的身材很勻稱，是俗稱的九頭身美女。上衣是一件紫色的吊帶小背心，下身穿著一條短褲，露出修長細白的美腿，看得人不由眼睛一亮。手上依然拎著那個可愛的Mickey包包，清純的模樣，半閉著眼睛，似乎稍微有些在擔心什麼。

然後她看到了我。她慵懶地轉過頭，臉上保持著微笑，手部動作卻怎麼也和臉部表情扯不上關係。

「你來晚了，居然讓美女等，你這人還有沒有紳士風度！」她用力擰著我的臂膀。

我痛得趕緊後退幾步。要命，沒想到她表面文文靜靜的，骨子裡卻是一股野蠻女友的味道，哪個男生要和她在一起，不知需要幾條命才夠用！

「妳都知道我是色狼，我又沒說過自己是紳士的哈。」

「哼，哼，狡辯。」她擰得更用力了，「不准頂嘴，跟我走就是了。」

「為什麼啊？就算要我請妳吃飯賠罪，也要先打個商量。」我苦著臉小心翼翼地詢問。

「這是約會，你不懂什麼叫約會嗎？哼，難得人家花了一個多小時化妝。」

「嚇，我什麼時候答應要和妳約會了？」我頭大，來時，自己真的以為只是和她隨便吃點什麼就可以走人。

謝雨瀅瞪了我一眼，努力做出凶神惡煞的模樣。「你都對我做了那樣的事情，還想賴帳嗎？」

「我，我又做了哪樣事了？這句話裡邊的誤會也太可怕了吧。」我的頭越來越大了。

「不管，人家的第一次全部是留給未來老公的。既然你都那樣了，哼，便宜你，從今以後就是人家的男友。」她低下頭手忙腳亂的，從包包裡掏出一張摺得十分整齊的粉紅色信紙。「給你，仔細給人家背熟，人家可是會不定時抽查的。」

「我冤枉啊，姑奶奶！」我覺得天塌下來都不會像現在這麼驚訝。

「怎麼，當人家的男友很丟臉嗎？」她睜著黑白分明的秀氣雙眼，手又要向我掐過來。

「不敢！不敢！」我頓時丟盔棄甲，投降了。

鬱悶，從小到大雖然遇見不少女孩，但是還沒有碰到過這種強迫人當男友的，這什麼世道，難道真要到末日了？

「這還差不多！嘻嘻。」她興奮地挽住我的臂膀，用力到我並不算很粗壯的手臂，幾乎快陷入兩團柔軟的物體中央。那種軟綿綿帶著酥麻的溫熱感覺，透過薄薄的一層衣物傳遞過來，令自己厚顏無恥的臉皮都有點掛不住了。

「我們先去吃冰淇淋，然後看電影、逛書店，最後去公園的河邊看夕陽。」拉著我向前走，謝雨瀅不知從什麼地方又掏出一張紙條，順著上邊的行程興高采烈地唸道。

搞了半天，居然是早有預謀，難怪我覺得她最近幾天有點反常。記得聯誼那晚，她還是一副滿臉害羞清純表情的小女生，根本看不出來會這麼蠻不講理，難道她身後有個慫恿她、不斷出餿主意的參謀？

想通這一點，我頓時失笑。搞不好，那個參謀就是錢墉的新任女友。哼，他們兩口子我早就心懷怨恨了，很好，這次新帳舊帳一起算。

用力將謝雨瀅緊緊挽住的手甩開，她疑惑地回頭看著我，一副又要蠻橫起來的樣子。我立刻打斷她，說道：「雨瀅，妳有個好朋友對吧，她現在似乎當了我朋友的女友。」

「啊，你是說欣欣？對啊，怎麼了？」一提到朋友，她立刻忘了裝樣子。

我偷笑，果然如此，真的被自己猜中了。

我向前走了幾步，也懶得管周圍的注目，輕輕捧住了她的臉龐，雨瀅的臉上立刻升起一朵紅暈，雖然害羞得快要閉上眼睛，但並沒有躲開。

「阿夜，嗯，不，死大色狼，有人在看……」

「管他那麼多。雨瀅，妳知道嗎？男生很討厭別人強迫自己，特別是我！」

「但是欣欣說，啊！不，我是說，人家，人家就喜歡！」似乎察覺到自己說溜了嘴，她急忙提高音調，用強硬的語氣掩飾。

「又是欣欣，妳們真的是無話不談的好朋友對吧！所有的事情，肯定都是她亂教妳的，對不對？」我的聲音也大了起來。

「當然不是，人家我、我……」她急了，語無倫次的不知道說什麼。

我微微笑著，「以後別再聽她亂給妳出主意，居然會和錢墉那種人走在一起，本身絕對有一些怪癖。說不定她對感情的觀點根本和常人不太一樣，妳最近做的事，只會讓我產生反感罷了！」

她低下頭，手用力地扯著包包的帶子，晶瑩的眼淚從大眼睛中一滴一滴，順著柔和的臉孔輪廓滑了下來，落在地上，映出一朵朵的濕痕。

突然覺得有些後悔，自己知道就行了，幹嘛還毫不留情地拆穿？這樣太傷她的自尊了！正想用紙巾替她把淚水擦掉，雨瀅的嘴裡喃喃地說了幾個模糊的詞彙。

「對不起，我、我不知道會這樣。」聲音慢慢大了起來，但依然模糊不清，不過已經能聽到了。「但是我從來沒有跟男生交往過，真的不知道該怎麼辦。所以……對不起，真的很對不起，我不知道你會反感，我……」

她用手抹掉眼淚，從我身前掙扎地轉身，在我還沒有反應過來時，已經攔了一輛計程車走掉了。

我苦笑著，將手中那張信紙展開，那上邊寫著秀麗的幾行字：

男友守則：

一、作為我的男友，不許有輕視本大美女的任何言行。

二、作為我的男友，不許你再跟以前的那些女性朋友眉來眼去，做出有傷風化的事情。

三、作為我的男友，不許把那些什麼也不穿的，噁心的陌生女孩圖片掛在臥室裡（更不許藏淫穢小圖片在枕頭底下）。

四、作為我的男友，不許讓一些不三不四所謂的兄弟來家裡喝酒。

五、作為我的男友，不許跟我頂嘴，我說一就是一，你不能說二（即使你是對的）。

六、作為我的男友，你一定要勤快，衣服你洗，飯你做，地板你擦，總之所有的家務你都包了。

注意看仔細了哦，我的這些規定都是一時想起來的，難免有不足之處，可能還有許多不周全的地方，比方說，零用錢一定要上交這麼最重要的一條我差點忘了，在這裡特別註明。

還有，還有好多呢……等我想起來再補。你的大美女我本人是個民主的人，有事好商量，比方說今天的地你要是不想擦，明天擦也行，我會同意的，但是有一點，早上的飯不能等到晚上再做，這點我絕對不會同意的。

最後，也就是最重要的一條，既然跟我在一起了，一輩子也不許和我分手哦，你要是敢跟我提分手，我、我就掐死你！

※　※　※

暈，一定是許宛欣這女人不知道從網上哪個地方抄來的，有這種朋友，雨瀅交得到男友才怪。世上不怕死的人少得要死，特別是男人，裝野蠻的雨瀅可能還沒有開始交往，就已經把人嚇跑了。

掏出手機看了看，才兩點十五。算了，等她冷靜一下，晚上再打個電話安慰她吧。

就在這時，手機響了起來。

看了看來電顯示，居然是家裡打的。我大為狐疑，自己還真從沒接到過家裡的電話。老爸長年不回家，傭人應該不可能找自己，難道有人到家裡找我？不對啊，他們不會直接打我手機嗎？

接通後，立刻傳來傭人的聲音。

「少爺，有個客人找您，說是您的莫逆之交！」

什麼？莫逆之交？那人會不會用成語，所謂莫逆之交，是指，沒有抵觸，沒有利益衝突，感情融洽的超級好朋友！綜觀十八年來的人生中，這樣的人物，自己似乎根本就沒有過。

※　※　※

剛一回家，就看到客廳裡擺滿食物，一個三十歲左右的男子，趾高氣揚地指揮著我家的傭人做這做那，然後舒舒服服地朝嘴裡塞美味。

仔細一打量，這男人我還真認識！看到他我就氣不打一處來，大吼道：「靠，你個該死的老男人！還有臉跑到我家。」

楊俊飛撇了撇嘴，滿不在乎地打了個哈欠。「不要說得這麼難聽嘛，我可是不久前才幫過某人一個大忙，這麼快就忘記自己的恩人了？健忘可不是一個好男人應該做的哦。」

他所謂的那個大忙，不過是在《味道》事件中發了封信，讓他幫自己調查了一串項鍊的資料而已。《茶聖》事件裡，我和他初次相遇，那傢伙可沒少給我罪受！

一腳踹過去，原本舒服躺著的楊俊飛敏捷地一躲，我踢了個空，將身前為數不少的碟碟碗碗全都撞到地上，頓時滿地響起了刺耳的交響曲，支離破碎的瓷片四處紛飛。

我冷哼了一聲，在他的對面坐下。「說吧，這次來準備幹什麼勾當？」

「說什麼勾當啊，那麼難聽。」他坐直身體，滿臉興奮地問：「你知不知道魚鳧王的黃金杖？」

我皺了下眉頭，「你是說那根歷代蜀王三權集於一身的黃金權杖？現在應該存放在三星堆博物館裡吧。」

「沒錯，這次來的目的，就是為了那根黃金杖。」楊俊飛大笑，「有人雇我將它偷出來。」

「膽子不小，你知道那間博物館的防盜措施有多精密，廣漢附近駐紮多少軍隊？

「那些軍隊都接過命令，只要三星堆一遭竊，方圓三十公里內所有的外出路口，全都會在半個小時內封死……完全逃不出去。」我諷刺道。

「看來你知道的還不少。不過你對博物館的防盜措施評價上也只用了精密這個詞，精密可遠遠比不上嚴密。那就足以讓我有機可乘了。」

我哼了一聲，「廢話，我知道你厲害。偷出黃金杖的確不難，怎麼逃掉才是重點。只有在半個小時內離開方圓三十公里內，而且用任何交通工具都會被軍隊搜到，你怎麼離開？用腿？」

「那不用你管。」他輕鬆地說，彷彿一切都只是小 Case。

「對啊，我在鬱悶什麼，根本就不幹我的事嘛。你這傢伙也是越來越墮落了，第一次遇到你時，你來偷陸羽的屍體。第二次遇到你，結果你還是來幹偷雞摸狗的勾當，累不累啊？

「還是說，你根本就是個用世界知名大偵探的名聲來掩飾的江洋大盜，不但劫財，還視心情好壞和目標容貌程度，順便劫色！」

「切，我可是個有原則的人。第一次偷東西是因為人情，第二次是因為興趣。」

「偷魚鳧王的黃金權杖會讓你感興趣？你當我是白痴啊！」

「不是對物，是對人。」楊俊飛頓了頓，「那個雇主開價三千萬美金。」

「不過才三千萬……」我不屑地重複著，突然呆了，在腦子裡不斷咀嚼這個價錢。

「三千萬，還是美金，哼，有趣。」

確實很有趣，雖然黃金杖價值連城，但也只是對考古而言，而且因為它的造型絕無僅有，贓物即使放到黑市上也幾乎不會有人買，更何況高達三千萬美金。他那個雇主，不是有錢多到花不完，喜歡亂鋪張浪費隨地撒錢，便是別有目的。

不過大凡有錢人，都不會太笨，他們雖然會大把大把的花錢，但是都會花在刀口上，那麼，那人究竟有什麼目的呢？

楊俊飛看我陷入了沉思，不禁微微點頭，笑著拿起我老爸珍藏的紅酒滿滿倒了一杯，然後眯起眼睛享受得搖頭晃腦。

我抬起頭瞪了他一眼，「你的看法？」

「我現在能想到的，你應該差不多都想到了吧。」他伸了個懶腰，「我們可都是聰明人。」

「你的意思是，黃金杖或許遠遠不是三權一身的權杖，上邊隱藏著某個驚天大秘密，那個秘密，甚至還沒被人發現，但是你的雇主卻十分清楚。」

「全中！和聰明人說話就是輕鬆。」楊俊飛吹響口哨，「怎麼樣，開始感覺有趣了吧，有沒有興趣跟我幹一票？」

我揚起頭望向客廳的吊燈，「你雇主的資料？」

「你太看不起我了，俗話說盜亦有道，我可不會去調查自己的雇主，這可是行規！」他猛地盯住我，滿臉不高興。

我又哼了一聲，「你以為我會相信你這句屁話？」

楊俊飛一愣，最後有些受打擊的嘆了口氣，「我沒有查到，只知道是個香港人。委託是以Email寄來，ＩＰ位址根本追蹤不到，至今為止也沒見過面，不知道那傢伙是男是女。

「前天我收到了百分之十的委託金，是從歐洲某個小銀行轉過來的，這條線我也沒有任何收穫。」

我望向他，「恐怕，你親愛的的委託人已經知道你在調查他了。」

楊俊飛用力搖頭，「不可能，你太小看我了。對付反追蹤可是我的老本行。如果我自認第二，絕對沒人站第一。」

「雖然不知道你的自信是從哪裡來的。」我微微一笑，「但是你有沒有想過，那傢伙為什麼不用瑞士銀行轉帳？要說安全性和隱密性，瑞士銀行都是首選，別告訴我他窮得沒錢在瑞士銀行開戶。

「一個隨隨便便就付三百萬美元保證金的人肯定不窮。那麼你說，他幹嘛還要用歐洲的小銀行？看來，那人知道你好奇心旺盛，知道你或許會查他。

「至於你為什麼會打破慣例和長久的信譽查他，哼，當然是有所發現了。看來你的主人加對手非常聰明！」

楊俊飛目瞪口呆地望著我，就像看到了怪物一般，許久才喃喃道：「你這小子，真想知道你腦子是什麼構造，居然一聽就想清楚了。我是調查後才明白上當了！」

「那你動手可要快點了，既然互相都不信任對方，他八成還會雇其他人去偷。」我倒了杯咖啡慢慢喝著。

「你不準備跟我幹嗎？」

「我可沒那麼笨，雖然確實對這件事稍微有點興趣，不過偷東西，敬謝不敏！」站起身，做了個請離開的手勢。「不送。」

「看來我太高估你的好奇心了。」楊俊飛臉色實在不算好看，憤憤地走了出去。

看他確實走遠後，我一把將手中的咖啡杯扔到地上，竄入二樓的書房裡。在裡面翻查了許久，再次深入了解三星堆以及魚鳧王國。

一九八六年，三星堆發現了兩座祭祀坑，出土了上千件珍貴的青銅器、玉石器、金器、海貝、象牙，據碳14測定，時間遠在三千年前，這個發現如石破天驚，震驚全國，轟動了世界。

三星堆比「世界第八大奇蹟」秦始皇兵馬俑早一千年，在中國、東方，乃至世界都非同凡響，一個雄渾蒼古、博大精深、迷濛悠遠的古蜀文明緩緩揭開面紗，光彩奪目地展示在世人面前。

兩座祭祀坑坑底平整，填黃褐色五花土層層夯實。

一號坑內，是將玉石器首先堆放在坑西南，往東依次堆放銅人頭、銅面像、銅尊、金杖……然後用大量燒骨渣覆蓋，夯土填實。

二號坑的器物，分層平放於坑底，厚約七十公分，下層為小件青銅器、玉器、海貝等，中層為大件的人像、頭像、樹座、尊罍，上層鋪蓋象牙六十餘枚，出土時已全部炭化。

兩坑內器物均經火燒、砸打，入坑前大多已分作數塊，顯然為有意焚燒和破損，這批神器和禮器價值連城，在當時就異常珍貴，那麼是誰，因何緣故會瘞埋了這批珍寶？

根據史籍記載，「魚鳧王田於湔山，忽得仙道，其民亦頗隨王化去。」也就是暗示，魚鳧王是從湔山消失了，其族民亦較多跟隨一起去了。

倒數第二代魚鳧王死後，就此掀開沉沉的歷史大幕。

在沱江之戰大敗魚鳧軍隊後，杜宇乘勢挺進瞿上，生俘了正在祭祀的魚鳧女王，繳獲了他們所有的神器和禮器。看到黃金杖，杜宇高興得眼睛都瞪圓了，愛不釋手的日夜把玩，但沒兩天，他就病了，而且病得詭異，發高燒說著胡話，最後被認定為中了邪。

他的巫師又唸咒又占卜算卦，才得到結論：「神不歆非類，民不祀非族，是魚鳧族的神器在作祟。」

十分相信鬼教也迷得專心專意的杜宇，害怕這些東西會給自己帶來更大的災禍，強大的心理壓力迫使他決定毀棄這批珍寶。

高燒還未退，杜宇就親臨毀物現場，他神情恍惚地坐在城牆上，城牆下是一片乒乒乓乓的砸打聲，魚鳧族的社樹「建木」轟然倒下了，在錘聲中斷成三截。

戴著方冠的青銅人頭從鳥身上被敲下來，骨碌碌滾去老遠。鳥翅鳥腳被打折了，頹然散落在泥土地上。

杜宇疲病的內心生出一份破壞的快意，同時也夾雜著深深的惋惜。

他在計畫用這批砸碎的青銅重鑄自己的神器，他的目光隨意地滑動著，突然那尊高二尺多、寬四尺多的青銅縱目人面像，以它的巨大抓住了他的目光，那極力向兩邊張開的招風大耳彷彿正在搧動，圓柱狀向外突出的炯炯巨睛，似有森森冷光射出，他聽見了神像向兩腮拉開的大嘴中有齒牙的磨動聲。

最後，他的視線留在了黃金杖上，頓時，一股超凡神奇的力量擊中了他。

杜宇被這根極度誇張、窮盡威嚴的神杖震懾住了，他不禁一顫，背心頓時陣陣發涼，忍不住心驚肉跳地大喝一聲：「停下，全停下！」就軟癱在了椅子上。

膽戰心驚的杜宇和他的群臣，經過了認真地商量，最終選擇用厭勝法將這批神器瘞埋掉。

在一個漆黑的夜晚，他們打著火把悄悄來到城外，先架起柴火對這批神器進行燔燎，再殺牲進行了簡短的祭祀，然後將其逐個擺入坑中，狼嚎和鬼冬哥的叫聲一陣又一陣地傳來，掩埋場瀰漫著神秘和恐怖。

遵照杜宇的要求，他們在縱目人像的榫孔中和青銅人頭的倒三角頸內，還特意插上鍛燒過的象牙，神器擺完後，就在上面鋪一層象牙和骨渣，最後填土夯實，再殺雞澆上鮮血。黎明前，他們悄然遁去，挖坑和埋物的人集中到一個隱密的地方，全用藥酒毒死。

從此，一個王國被悄悄埋葬了，數千年寂寂地下，受不盡的淒風苦雨，給史冊上留下一個千古之謎。（參考部分節選自《日落三星堆》。）

我捧著書，心裡思緒萬千。這個杜宇也病得太古怪了，難道魚鳧王的黃金杖裡，真的藏著什麼秘密不成？想了想，我用手機撥通了二伯父的電話。

這個國內權威的考古學家正好在上大號，接到電話時語氣十分不悅，似乎本人打斷了他唯一幸福時光似的。

「喂，快放屁。」他吼道。

我被嚇了一跳，也吼道：「是我，夜不語。」

「原來是小夜啊，怎麼捨得想起你伯父了？」二伯父的語氣立刻就軟了下來，陪笑道。

「沒什麼，當然是想您老人家了。」

「呸呸，我才五十多歲，正值壯年，說什麼老！」二伯父頓了頓，開門見山地問：「好了，明說吧，要我做什麼？」

「伯父就是伯父，我太喜歡您了！您怎麼知道我有事相求？」

「廢話，你小子一向長幼不分，今天居然反常的用敬語稱呼我，不是有事求我才怪了！」他哼了一聲。

我也懶得再繞圈子，直說道：「我要進三星堆博物館調查一些東西，麻煩您幫忙開個證明！」

「這個……」二伯父稍微有些為難了，「那裡邊都是國家級的文物，放你進去實在太危險了！」

鬱悶，我的信譽就那麼差嗎？帶著不容否定的笑，我軟拖硬磨，又是發誓，又是威脅，好不容易才讓他答應。

剛呼出一口氣，手機又響了，是謝雨瀅。

「小夜，出事了。天哪，我究竟該怎麼辦！」她用近乎哭泣的語調慌張地說道。

「出了什麼事？不要急，慢慢說！」我不由得也急了起來。

「是欣欣，欣欣她，她……嗚嗚。」這女孩，居然乾脆哭了出來，邊哭還邊模糊地道：「我沒什麼朋友，一緊張就想到你。嗚，我該怎麼辦才好。」

嘆了口氣，我衝電話大吼了一聲：「媽的別給我哭了，妳們在哪？我馬上過去！」

從青山醫院回來後便消失的不祥預感，在掛上電話後，不知為何，突然又冒了出來。

第四章 DATE：五月三十日夜瀕臨1

有人說，悲劇好比是不小心切掉了自己的小手指，喜劇好比是不小心掉進了下水道。總之不管如何，都有人會哭。許宛欣出事，我是不是應該幸災樂禍的當作一場喜劇呢？

那個莫名其妙的女孩因為減肥過度，餓暈在宿舍裡，害所有人白嚇了一場。我叫來救護車將她送進市醫院吊點滴，安慰著依然哭哭啼啼的謝雨瀅。

而許宛欣自從醒過來後，就一直呆呆地望著天花板，不管錢墉怎麼叫，都沒有發出過一絲聲音。許久，她才稍微偏過頭，視線停留在我臉上。

「阿墉、雨瀅，你們出去一下，我有事想和夜不語聊聊。」

「宛欣——」錢墉想說些什麼，卻被女友打斷了。

「出去！」雖然沒看他一眼，但是語氣卻不容置疑。

謝雨瀅和錢墉看著我，極不情願地向外走。

許宛欣衝我微微笑了笑，「夜不語，嗯，我可以叫你小夜嗎？這樣感覺好像關係還不錯！」

「隨便。」我模糊地回答，都不知道這女人想說些什麼。

「小夜，你知不知道其實做女人挺難挺辛苦的。漂亮點吧，太惹眼，不漂亮吧，拿不出手。學問高了，沒人敢娶，學問低了，沒人想要。活潑點吧，說妳招蜂引蝶，矜持點吧，說妳裝腔作勢。

「會打扮，說妳是妖精，不會打扮，說妳沒女人味。錢自己掙吧，男人望而卻步，讓男人養吧，又說妳當人家情婦。

「生孩子，怕被老闆炒魷魚，不生孩子，怕被老公炒魷魚。哎，這年頭做女人真難，所以要對男人下手狠點，對自己寬大處理為上策，這就是我對感情的觀點！」

暈，難怪謝雨瀅會被妳調教成那樣！不過就年齡而言，她不過才十八歲多一點，哪來那麼多感嘆？

我乾笑了一聲，不知道怎麼回答她。

「小夜，你怎麼看雨瀅？」她見我沉默，臉上也沒有絲毫不快的表情，緩緩道：「她是我最好的朋友，也是我這輩子唯一的朋友。雖然害怕失去她，甚至有點嫉妒你，但，我還是希望她得到幸福！

「我聽錢墉常常談起你，聽說你老是會碰到靈異事件。是真的嗎？」許宛欣吃力地從床上坐起來，「對了，我在網路上看過一個測試，作者說喜歡靈異或者經歷過靈異事件的人，基本上可以分為七種性格。

「一，有神論者：他們確信有天堂和地獄，相信輪迴，相信鬼神。

「二，受挫折者：在現實中屢屢遭受挫折，無處相訴，轉而喜歡虛無縹緲的靈異故事，從虛擬的人物和情節中得到滿足。

「三，善發明者：發明創造似乎與靈異故事關係不大，但是善於發明創造的人往往思考極其活躍，善於幻想，而靈異故事的想像內容十分符合他們的胃口。

「四，沒長大者：這裡沒有貶低你的意思。人生苦短，不論是否已為人父母，但心裡對童年往事歷歷在目，靈異故事成為童年幻想的延續。

「五，喜獵奇者：這些人往往人緣極好，又是喜高談闊論者，思想開闊，談吐詼諧，靈異內容是他們不錯的談資。

「六，逃避現實者：對現實失望，轉而喜歡不現實的東西。

「七，生活苦悶者：生活苦悶，對報紙和電視又沒興趣，也不喜歡撲克麻將，可能家庭也不美滿，因此只好投入靈異門下。

「你認為你自己屬於哪種？」

「哪一種都不是，我是個隨波逐流者，並不是喜歡，只是許多事情會自己送上門罷了。」我坐在椅子上頭向後仰，看著雪白的天花板。「那妳呢？妳認為自己是哪種人？」

她笑了，「雖然我不是很喜歡靈異事件，甚至很多時候都會害怕，但，光就個人經歷和性格而言，我恐怕屬於逃避現實者吧。」

「逃避現實者？哼，是嗎？」我一眨不眨的盯住她的眼睛，「那麼說實話，妳真的喜歡錢墉嗎？」

「當然談不上喜歡。奇怪，你居然不驚訝，難道早就知道了？」她的臉色略微有些泛紅。

我點點頭，「從雨瀅開始野蠻古怪起來後，我就稍微察覺到了一些細節。恐怕，妳是藉他來了解我。」

「算是吧，錢墉說得沒錯，你真的是個絕頂聰明的人，很難騙。」她苦笑著，「我當然要把你調查清楚，畢竟，我不能把雨瀅交給一個會傷害她的人。她很單純的！」

「他知道妳在利用他嗎？」

「他也不笨，恐怕知道了。不過那人超有毅力的，臉皮又厚。」許宛欣嘆氣，輕輕撥開遮住眼睛的一絲瀏海。「雖然不喜歡，也沒有好感，人也普通，但他還是有可以吸引女孩子的優點。你說女生是不是都很傻！」

「這我就不清楚了。」

內心中總是有一股陰霾，雖然和她接觸並不多，但從她教給謝雨瀅的行為作風而言，許宛欣本身絕對不是個多愁善感的人。而現在的她居然在和自己大談人生哲理那些深奧的東西，實在太不可思議了！

「老實告訴我，今天在妳身邊究竟發生了什麼事？」我皺著眉頭問道，「妳似乎有點反常。」

她嘻嘻地衝我笑著，「我們根本就只是見過兩次面而已，不要說得一副十分了解我的樣子。我可不是那種容易上當受騙的小女生喔！」

猛地一陣咳嗽，用力捂住嘴，許宛欣痛苦地拍著胸口，然後又露出了燦爛的笑容。

「醫生怎麼說？」

「他說妳營養不均衡，導致貧血性休克。」我回憶。

「根本就不是，我天生就是魔鬼身材，是屬於吃不胖的體型，只有吃不夠，哪會去減肥。」她的神色間略微閃過一絲恐懼，「我看見了，一種難以解釋的東西！」

「什麼東西？」見她一副神秘的樣子，我的好奇心也被勾了起來。

「想知道吧？嘻嘻，除非你和雨瀅接吻，人家才會考慮告訴你！」她笑得很奸詐，深深的酒窩可愛地浮出來，確實很美。

我哼了一聲，轉身走出去。雖然心裡不知為何會介意她的那番話，但卻再也沒有機會問出口了。

因為就在當夜，十二點左右，許宛欣在醫院中自殺了……

※　※　※

雨瀅一直坐在她的屍體旁，不吃也不喝，只是看著那層薄薄的白色屍布發呆。員警見她滿臉精神渙散的樣子，也難得的沒有打攪她，只提醒我在她清醒一點後，去警局做一下筆錄。

現場十分明顯，病房雖然是三人房，但只有許宛欣一個人住。根據現場留下的痕跡，當夜在我們離開後，她便下床焦急地走來走去，然後來到窗戶前，想將它打開。

由於醫院的窗戶只能半開，打開的空隙甚至沒辦法伸出一個頭，於是她努力了一會兒後放棄了。拿起桌上的水果刀，捂住被子，用力割開動脈，又怕噴出的血跡讓人看到產生懷疑，便用塑膠袋將整個受傷的手腕套起來。

然後靜靜地躺下睡覺。

護士來回查房數次都沒有發現異狀，只以為那女孩睡得很熟。直到早晨謝雨瀅來探房時，開玩笑地推了她一下，才發現許宛欣手無力地垂落，早已經斷了氣。

※　※　※

DATE：五月十七日夜

從黃憲村回來已經快一個月了，這半個多月中，孫敖和趙宇一直都在查相關的書籍，希望找出義莊中帶出來的那些東西的資料。

那是六個很小的青銅人頭像，圓頭頂，頭上彷彿戴有頭盔。腦後用補鑄法鑄著髮飾，像是蝴蝶形花笄，中間用寬帶紮束。人像造型優美，神完氣足，大得出奇的雙眼刻薄地閉著，鼻子很尖，整體透出一股神秘和詭異。

孫敖這位民俗學高才生立刻判斷，那應該是幾千年前西蜀一代的祭祀用品，非常有研究價值，所以毫不猶豫地藏了起來。

第二天村人發現了撿骨師一行三人的屍體，以及一名早已瘋掉的青年。將他從義莊抬出來時，那人只是用力地咬著拳頭，一聽到風吹草動便屏住呼吸，驚恐地緊閉雙眼。

村人出奇地鎮定，派了幾個人將他們六人小心翼翼地看住，似乎害怕屍體被外人看到，然後當晚便將所有屍體都火化了。

孫敖見自己一行雖然沒被懷疑，但想要繼續留下來尋寶的可能性也不高了，畢竟他們一旦外出，就會有人自認隱密地跟蹤。所以討論後，他們決定回大學分頭調查。

找到的東西也在回家後，被三個男生分成三份。

躺在家裡的大床上，張訶翻來覆去老是睡不著，又將那個銅人拿出來仔細看著。

不知為何，只要一將它拿在手上，心裡就會十分舒服，比吸大麻還爽！這近一個月來，自己並沒有想著去搜尋這玩意兒的資料，畢竟有兩位高才生在努力，自己這個一向從善如流的懶漢，懂得為自己放些假。

他不笨，享受還是懂的。

看看房間的鐘，才十一點半而已，夜生活剛開始，拿起手機撥了一組號碼，不久後電話便接通了。

「喂，他媽的張訶，你小子還知道聯絡我！」手機對面很吵，像是在酒吧裡，一個男人粗糙的聲音傳了過來，教養實在不算好。

「劉哥，我最近得到了個好東西，不知道你想不想試試？」張訶的聲音立刻媚了起來，捻起蘭花指在空氣裡舞動。

「哦，你娘的，敢騙我的話，當心我找幾個凱子做了你。」那劉哥頓了頓，「我在明月，你馬上帶東西給我過來。」

張訶嘻嘻地笑著，那聲音可以把死人都給嚇活。隨便哈拉幾句，他小心地拉開臥室的門，側耳傾聽一番。見父母沒有動靜，好機會，飛快竄出去，開大門，然後坐上計程車，走人。

明月是市裡很有名的一家地下酒吧，內行的人都知道它專做鴨子生意。那裡坐檯的男性不會超過二十五歲，而且都很帥。出檯費雖然比召妓貴了幾倍，但服務不一樣，許多人還是肯花這個錢的。

畢竟同性戀本身就是一種悲哀，他們將自己帶入錯誤的角色裡，以至於兩個同性戀很難相戀，畢竟，大部分的同性戀，會愛上的都是異性戀者。

在現實的生活裡，他們有自己的生活、家庭，以及兒女，只有當內心的畸形情緒積累到必須發洩時，才會來到明月，花錢找一位異性戀帥哥，共度美好的一個夜晚。

張訶並不是這裡的常客，但對明月，他絕不陌生。身旁沒人知道，大二時他曾在這裡坐過檯，和形形色色的男人上床，就這樣混了一年後，他也變成了同性戀。

熟練地來到第十三號位置，劉哥正蹺著腿，左右各抱著一個帥哥。張訶臉上閃過一絲不悅，但立刻便抹去，湧上媚媚的噁心笑容。

眼前的這個男人，便是將自己變成同性戀的可惡傢伙，從兩年前的那天起，自己便徹底地，無可救藥地愛上了他。

即使是現在，他也覺得有些不可思議。

「你說的東西呢？」劉哥衝他一攤手。

張訶小心地向四周看了看，「這裡人太多了，不方便。」

劉哥瞪了他一眼，「你不會是想和我單獨在一起，故意說謊吧！」

「人家不會。」張訶笑得更媚了，低下頭湊到他的耳旁輕聲道：「我保證，比吸毒還爽！」

「真有那種東西。」劉哥眼睛一亮，對右邊的帥哥打了個響指。「叫你們老闆給我準備個包廂。」

一分鐘後，他們便坐在包廂裡。隔音良好的牆壁將外邊所有的喧囂全都阻攔了，張訶坐在沙發上，喝了一口啤酒。

「東西？」劉哥又攤開手。

「在這裡，看了可不要驚訝。」張訶將那座青銅人頭像拿了出來。

劉哥接過去看了幾眼，然後隨手扔在地上，狠狠一耳光搧了過去。「你耍我，臭小子，這東西會比毒品好。」

張訶被搧得倒在地上，嘴角甚至流出一絲鮮紅的血，但他的臉上依然流露著笑容。「劉哥，你想想，我什麼時候騙過你。這東西是需要一定的方法才能享受到的。」

「哦，要用什麼方法？」劉哥的臉上依然保留著疑惑。

「你先把青銅像用雙手握住，然後閉上眼睛，隨便想什麼都可以，試試。」他說道。

劉哥狠狠盯了他一眼，「再警告你，千萬不要耍我，不然明天直接讓你屋裡人替你小子收屍！」

學著張訶剛才教過的方法，劉哥將青銅像靜靜握在雙手之間，閉上眼睛。

張訶滿眼放光，心臟激動地劇烈跳動起來。對，就這樣，只要你嘗試過一次那個玩意帶來的快樂，你就永遠都離不開我了，你會永遠屬於我！

劉哥的表情開始迷離，彷彿遇到絕美的情景，用力躺在沙發上，全身都在抽搐，臉上的笑容越來越盛，過了許久才心不甘情不願地清醒過來。

「媽的，這玩意兒，不要說吸毒，就是做愛都沒它爽！」劉哥興奮地看著手中的青銅像，「有了它我還來什麼明月，老子什麼都可以不要了！」

張訶有種不祥的預感，他用力拉住劉哥，近乎大吼大叫地喊道：「這可是我的東西，快還給我！」

「還給你？嘿嘿，為什麼？」劉哥伸出手掐住了他的喉嚨，「這麼好的東西給你也是浪費，還不如賣給我。說吧，你要多少！」

「我什麼都不要，你快把東西還給我！」突然感覺很恐懼，經過一個多月的接觸，自己已經完全無法離開這個青銅像了，沒有它，他實在無法再活下去。

「哼，管你那麼多！」劉哥狠狠將他推開，然後從身上掏出了一張金卡。「老子這輩子所有的積蓄都在上邊，大概有六百多萬，拿起來快給我滾。」

「我不要！」張訶大叫，眼睛變得血紅。「我只要我的東西。」

「靠，不要不識抬舉。這東西老子要定了！」劉哥冷笑了一聲，轉身就向外走去。

張訶看著他的背影，一邊憤怒地笑著，一邊不斷流著淚，就在那人準備拉開包廂的門時，他從桌上抄起一支酒瓶，朝劉哥的腦袋狠狠砸下去……

※　※　※

DATE：五月十八日中午

「你說張訶殺了人，而且全市都在通緝他？」曉雪用力抓住了孫敖的手臂，「怎麼可能，張訶出名的膽小怕事，雖然一副男人模樣，可是完全沒有男人的膽子！」

「我也很驚訝，但員警已經找上門來了。」孫敖煩惱地揮揮手，向趙宇問：「你怎麼看？」

曾去過黃憲村的六人，除了被通緝的張訶外，都聚集在孫敖的租屋裡。

趙宇皺了下眉頭，「他殺了誰？」

「根據警方的說詞，昨晚他去明月，在包廂裡殺了一名劉姓男子，那男人是市裡很有名的地產中盤商。」

「明月？那是什麼地方？」何伊好奇地問。

「聽說是 GayNight 酒吧一類的。」孫敖苦笑，「沒想到那傢伙真的是同性戀。」

趙宇也是苦笑，「我和他從國中起便是朋友，上大學時他的性向都還很正常。算了，談這些也沒用了。我們究竟該怎麼做？」

「我也不知道。」孫敖神色有些恍惚，「對了，員警走後，張訶打了個電話給我。他要我把黃憲村找到的東西送過去，他躲在青山醫院裡。」

「你的意思是，報警？」趙宇看了他一眼。

「當然不能報警，說不定他發現了什麼，不然為什麼要提到那些東西？」孫敖的臉上閃過一絲堅決。

何伊和王芸不解地對視，同時叫了起來。「你們究竟在說什麼，我們怎麼都聽不懂？那些東西是指什麼？」

曉雪沒有任何表情，但是語氣裡卻略帶著嘲諷。「小伊、小芸，妳們當然聽不懂了。

他們恐怕就是為了那些東西才去黃憲村的。我們一直都受那三個自認聰明的混蛋利用。」

何伊依然是滿臉糊塗，而王芸雖然也不懂，但她的優勢是有個男友，而且近在咫尺，出於女性的本能，毫不猶豫地掐住了趙宇的手臂，咬牙切齒地問：「親愛的，你們究竟有什麼事情瞞著我們？嗯？」

「沒，哈哈，絕對沒有。」趙宇痛得汗都快流出來了。

「還是我來解釋吧。」孫敖的眼神從每個人臉上緩緩滑了過去，「事情要從一個多月前說起。那時，趙宇偶然在學校民俗學社團，找到了一本很舊、很冷門的古書。

「他在書封的夾層中發現了一幅地圖，很古老的地圖。通過碳14測定，那幅地圖是西元二二三年左右，也就是大約一千八百年前繪製的。

「地圖指出，黃憲村的某個位置埋著驚天的寶藏，掩埋著許多偉大的人物。那裡的金器玉器不計其數，價值連城，一旦挖掘出來，必然會震驚整個世界。

「趙宇出於保密，只將這件事告訴我和張訶。所以我們三人決定去黃憲村尋寶，其他的事情妳們也應該知道。畢竟當時大家都在一起。」

「寶藏？哇，好神秘，好棒！」何伊來不及氣惱自己被利用，剛聽完便興奮地大吼大叫起來，果然有夠單純。

曉雪舒服地坐到床前，躺下，望著孫敖。「那你們找到了沒有？」

「當然沒有。不然親愛的，現在的妳已經是富婆了！」孫敖微微笑起來，停頓了一下。

「不過我們發現了一些東西，很奇妙的東西。還記得那晚妳們執意要去偷看洗骨入甕的過程嗎？妳們不耐煩地離開後，又發生了許多事。那些東西便是從義莊裡找到的，趙宇和張訶一人一個，其餘的我收了起來。」孫敖續道。

說著便從一個角落的抽屜裡，將四個青銅人頭像拿出來。

三位女生人手一個拿在掌中細細打量，許久，何伊首先放棄了。「這什麼玩意兒啊，搞不懂。不過，似乎有點眼熟，特別是那雙誇張的大眼睛。」

「當然會覺得眼熟啦，小伊，這恐怕是兩千多年前，魚鳧王國一帶，或者受魚鳧王國信仰影響的圖騰，應該是祭祀用的物品。」把玩著小銅像，曉雪用手撐住頭。「親愛的，你怎麼看？」

「和妳一樣。根據我最近的調查，以及跟三星堆一帶挖掘出的文物做了比對，可以判斷是西蜀魚鳧王國的信仰傳統。當時的人有著強烈的眼睛崇拜，認為眼角尖利，眼部輪廓越大，越有男人味，越接近神。」

孫敖思索道：「但有個疑問，魚鳧國的所有貴重物品、神器和禮器，都在沱江之戰杜宇大敗魚鳧軍隊，挺進瞿上，滅了魚鳧國後，用火燒、掩埋的方法毀了。

「直到二十多年前，才在三星堆一帶出土。而那個村子，居然會有魚鳧國的東西，究竟會是誰的墓穴呢？」

「聽你這麼一說，我也稍微感興趣了。」曉雪淡然笑著，「既然明白了前因後果，那麼張訶的事情，你究竟準備怎麼辦？」

「當然是去找他，看他是不是發現了些什麼。」

「不報警？」

「到時候看情況。」孫敖想了想，「我們都是好朋友，就算他殺了人，一樣是好朋友，何況現在警方只是懷疑而已。」

「算了，這都是你們男人的事。我們女生，就做好自己的本分，默默地待在你們背後支持好了。」曉雪看了何伊和王芸一眼，「小伊、小芸，我們各拿一個小銅像留作紀念，就當是給這些臭男人利用我們的懲罰！」

三個女生嘻嘻笑著，在孫敖來不及阻攔的情況下，每人搶過一個青銅像，飛也似地走了。孫敖和趙宇相視苦笑，過了好一會兒才輕輕搖頭，鬱悶地想哭。

「你那個女友還真不是蓋的，夠狠！」趙宇聲音都惱得變啞了。

孫敖拉長著臉，「你的女友也不遑多讓，搶起來比誰都瘋，逃起來比誰都快！」

「那你跟張訶約幾點？」

「晚上九點半。青山醫院地下一樓停屍間裡。」孫敖想著想著，眉頭不由得又皺了起來。「說實話，毋兮兮打電話來時，他的語氣有些奇怪。」

「哦？多奇怪？」趙宇抬起頭。

「非常奇怪。唉，總之要小心點，雖然他是好朋友，但畢竟也是殺人犯，這是什麼世道，前幾天大家還在一起吃宵夜。」孫敖嘆口氣，「記得我說的，特別是你要注意，畢竟那麼多年的朋友不是假的，你自己多注意他一點。」

「了解。」趙宇臉上閃過一絲苦澀。兩人就這麼喝著即溶咖啡，相互沉默想著各自的心事。

不久後房間的電話響起。是曉雪打來的，孫敖微微愣了愣，向外走去。

曉雪就靠在門外的牆上，衝他淡然笑著。「帥哥，有空嗎？跟我到公園走走。」

緩緩散步到不遠處的公園，在池塘邊找了個凳子坐下，孫敖這才打破沉默。「妳在擔心我？」

「有一點。」曉雪仰望向天空，「你不覺得事情很古怪嗎？」

「妳指張訶？」

「不只是他，所有人都有一些古怪，包括你！只是你自己沒有發覺罷了。」

孫敖愣了愣，「我還是我啊，根本就沒有改變什麼。」

「但是你不抽菸了，也不喝酒了。」

「這不是很好嗎？妳以前老是要我戒菸，現在我真的戒了，妳反倒開始疑神疑鬼起來。」

孫敖笑著，但內心卻有一種怪異的感覺。對，自己究竟從什麼時候開始，將菸酒這兩個習慣的存在抹滅的？女友不提起來，自己甚至完全忘了這兩樣東西。

「這還不奇怪嗎？」曉雪的聲音中少有的帶著焦躁，「那晚你們究竟看到了什麼？為什麼義莊裡的人都死掉了？他們到底是怎麼死的？」

孫敖的聲音頓時冷了下來，「妳在懷疑是我們幹的？」

「傻瓜，怎麼可能。」她望著他的雙眼，「我相信自己未來的老公殺人後，不會若無其事地跑回來面對自己。」

「謝謝。」他心底浮上一絲感動，眼角向下飄移，突然看到了一朵普通的白色花朵。

「親愛的，妳看，是幸運草！」他輕輕地將花摘來，放到她的手心。「對了，妳知道幸運草的英文是什麼嗎？」

曉雪可愛地偏過頭想了想，「是Clover？」

「完全正確，是Clover。C代表著她，Lover代表愛人。」孫敖站起身來，彷彿要用盡全身力量似的指向了她。「她就是愛人。我這輩子最愛的女人，一個唯一想娶、想要給她幸福的女人。曉雪，那個女人就是她！」

曉雪被這突如其來的告白驚得呆了，她用力捂住嘴，在這一刻，心都激動得要停止跳動，聽不到身體的脈動，甚至呼吸，腦海中只是不斷地盤旋迴盪那句話。

她就是愛人。

我這輩子最愛的女人。

一個唯一想娶、想要給她幸福的女人。

淚眼矇矓中，她看到近在咫尺的孫敖，輕輕地用幸運草編織成一個環，一個女人可以為之等待一生的環。他將幸運草做出的戒指放在自己眼前晃了晃，輕輕道：「我們會幸福的，對吧？」

「嗯！」她點頭。

「妳愛我的，對吧？」

「嗯。」繼續點頭。

「妳會永遠和我在一起的，對吧？」

「嗯。」一個勁兒地點頭。

「那，親愛的。」孫敖臉上露出了招牌的燦爛笑容，「妳願意，嫁給我嗎？」

那一剎那，頭腦再也受不了任何的衝擊，徹底變得空白了，理智的意識被情感瘋狂地沖刷，頓時支離破碎。她的耳朵只捕捉到了自己最後一個微若蚊蚋的聲音。

「我願意……」

※　※　※

DATE：六月三日青銅人頭像

「有些事情你越想忘記，就會記得越牢。當有些事情你無法得到時，你唯一能做的，就是不要忘記。她跟我開了一個醉生夢死的玩笑，現在，恐怕我已經醒不了了。」

這是錢墉對我說的最後一句話，說完後，他便輟學了。距離高考，只剩一個半月而已。他借用《東邪西毒》中的那句話，來證明自己究竟有多絕望。

許宛欣的死亡，不僅傷害了她的父母，還有愛她但是她不愛的男友，以及最好的朋友。

雖然她死時，表情無比安詳，安詳到至今見到她屍體的人，依然有一種她只是睡著的錯覺。

謝雨瀅一直都待在自己的房間裡哭，沒有去上學。我並沒有蠢到去安慰她，畢竟有一些傷痛，需要的只是自己個人的冷靜，時間過了，傷口也就慢慢好了。

但是傷口真的會好嗎？或許是我想得太天真，如果那種傷痛中摻雜了某種外力，如果那種外力完全無法受到人類的控制，又會怎樣呢？

在許宛欣自殺後的第三天，一大早就接到了謝雨瀅的電話。

還沒等我開口，她便急急忙忙地用惶恐語氣道：「阿夜，我知道了。宛欣不是自殺，她是被人逼死的！」

「什麼？妳怎麼知道？」我嚇了一跳。

「總之你來我這邊一趟，我有東西給你看。」

沒有多想，我拿上外套，就讓司機開車向謝雨瀅的家駛去。她家我曾在許宛欣死後送她回去過一次，在一棟公寓的十三樓。

剛按下門鈴，雨瀅就打開了大門。

「阿夜！」她撲入了我的懷中，痛哭起來。

原本漂亮的大眼睛早已紅腫，不知道這幾天哭了多少次。我將她摟得緊緊的，許久，她才臉上一紅，睜大眼睛嗔怪地看了我一眼。

「你，那個……好壞！」她將紅得發燙的臉貼在我的胸膛上，並沒有移開。

汗，我哪裡又壞了？本想問問，突然驚覺就某種意義而言，自己確實可以被稱為好壞！雨瀅大概幾天都沒有出過門，只穿著一件薄薄的 Snoopy 睡衣，裡面完全真空，而我大熱天的自然也不會自虐地穿太多，兩個人貼在一起，當然什麼都感覺到了。

特別是她極有彈性的有料胸部壓在胸口，只要是男人，都會不由意志決定地出現某種生理反應。

我乾笑了幾下，既然某美女沒有意思移開，自己也沒有笨得不解風情，順便還可以享受少有的豔福。

「喂，那個，男生都會這樣嗎？」她羞得不敢抬起頭，但是抱我抱得更緊了，根本就是赤裸裸的誘惑嘛。

「嗯，大概吧。」我模糊地回答。

「好可怕！」雨瀅從耳根一直紅到了脖子，全身驚人的燙。「聽宛欣說，結婚以後，男生會和女生那個。還會把那個放進那個裡，然後小 Baby 就會從那個裡邊跑出來。是真的嗎？」

什麼那個那個的！我狂冒汗啊，完全不知道該怎麼回答。她，也實在太單純了吧。

「那個和那個，以及小 Baby 的事情，似乎不需要等到結婚才可以做的吧。」我猶豫是不是該重新給她上個健康教育課。

雨瀅抱得更用力了，彷彿想把整個人都融入我的身體裡。「真的？好可怕！」

鬱悶，既然覺得可怕幹嘛還那麼好奇，真不知道女生都在想些什麼。不過再這樣被她騷擾下去，恐怕自己真的會犯錯。

深深吸了口氣，輕輕將她推開，岔開了話題。「對了，妳不是有事情要告訴我？」

她「啊」了一聲，害羞地捂住臉讓我進了屋裡。

「這是宛欣死時留在身上的東西。她父母全送給我。」雨瀅從房間裡拿出了一個大袋子。

我稍微看了一眼，裡邊有一個可愛的粉紅色小錢包、一只耳環，還有一張揉成團狀的紙條。展開一看，上邊匆忙地寫著三個小字：

時間盒。

「時間盒是什麼？」我疑惑地抬頭問。

謝雨瀅臉上浮現一絲落寞，「是我和宛欣兩個人之間的秘密。我們從國中開始就是最要好的好朋友，無話不談，甚至上洗手間都會一起去。我一直都沒有男友，於是相貌和成績出眾、身旁追求者眾多的她也堅持不交男友。我們曾經說過要永遠在一起。

「那個時間盒是我們在國中畢業後埋下的，約定要在兩人都結婚後再打開。當時的我們很單純，總是認為整個世界都很美，但幻想終究是幻想。

「我們曾經還有一個要好的朋友，也是個很棒的女生。高一時她被一個有婦之夫騙上床，懷孕後，那個混帳男人扔了錢讓她去墮胎，後來便再也沒有出現過。

「而那個女生幾天後自殺了。她活生生將自己的肚子用美工刀劃開，將只有四個多月的胎兒挖出來。當時第一個發現的人就是宛欣……

「那女生的腸子、血液、羊水流滿了一地，讓宛欣整天精神恍惚，甚至不敢一個人睡覺。所以宛欣不可能自殺，就算自殺，也不會用割腕的方式，因為她從那一天起就怕血、怕鋒利的東西。」

我微微皺眉，「就算這樣，也無法說明一定是他殺啊。」

「當然，雖然我一直都不明白她自殺的理由，但看到她遺物裡那張紙條上的字時，一切頓時都豁然開朗。她一定不是自殺。背後肯定有誰在操縱！」

雨瀅紅腫的大眼睛用力睜開，表情憤怒，雙手用力地捏著懷中的布娃娃。「因為自從那女生死後，她就常常告訴我，她一定要是自然死，要活很久很久，目送註定會受自己欺壓一輩子的老公進入墳墓，看著成群的兒女長大成人。

「那時我曾天真地問，如果她活不到自然死會怎麼辦？宛欣就說，如果是意外或者不可測因素也就算了，沒辦法，那不是人力能夠對抗的。

「但是如果她不是死於意外或者自殺，那自己會想方設法將遇到的困境放入時間盒裡，然後在臨死時留下『時間盒』這三個字當遺言，讓我這個最好的朋友去替她申冤！」

雨瀅滿臉痛苦，一邊哭泣，一邊斷斷續續地將前塵往事講清楚，我嘆口氣，又將她摟入懷裡。感覺她渾身都在顫抖，整個人脆弱得像容易破碎的玻璃。

看來事情確實不單純，有必要再調查一次。

腦海中，猛地想起了許宛欣臨死前對我說的話。她說自己天生就是屬於吃不胖的體型，只會吃不夠，哪會去減肥。她還說自己看見了一種難以解釋的東西！

當時自己認為她是開玩笑，藉故耍自己。或許，她根本就是在向自己傳遞一個訊息，在向自己求救……該死，自己為什麼就沒有察覺到，如果發現了，或許她就不會死了。

思緒萬千，我低下頭，衝懷中的雨瀅輕輕道：「我們去打開那個時間盒，說不定真的能找到什麼證據！」

※　※　※

到達埋時間盒的地方，已經快下午三點了。話說她們國中時住在鄰鎮，坐車都得花半個多小時。

時間盒埋在當時學校後頭的樹林裡，糊裡糊塗的謝雨瀅，又浪費一個多小時努力回憶，這才指著一棵樹道：「就是這下邊。」

「妳確定？」拿著鏟子的手稍微有些猶豫不定，畢竟自己已經冤枉地挖了十多個坑了。

「當然確定，你煩不煩，一定是這裡！」她氣呼呼地嘟著小嘴。

「妳說是就是吧。」我苦笑，又賣力挖起來。

據說她們埋盒子時埋得並不深，只是挖了個近一公尺深的小洞罷了。鬱悶，什麼玩意兒，又不是埋金子，幹嘛挖得那麼認真，這還叫不深的話，我真不知道什麼才算深坑了！

向下挖了一公尺多，鏟子終於碰到一塊硬物，小心敲了敲，發出了空洞洞的金屬回音。看來就是這裡了！

吃力地把盒子取出來，謝雨瀅迫不及待地搶過去，抱在懷裡，又哭了出來。難怪說女人是水做的，現在的自己稍微有些體會到這句話的精髓了。

她一邊哭著，一邊扯下封條，將那個不大的時間盒打開。由於只過去了三年，盒子裡的東西還算乾淨。

「這個是我最喜歡的東西，原本以為會喜歡一輩子的，可是將它埋了以後，自己便很快忘記了。人類，真的是種喜新厭舊的動物。」雨瀅抽泣著，用顫抖的纖纖細手拿出一個鑲嵌著許多亮片的蝴蝶結。

我黯然。相信許多人都和自己最要好的朋友埋下過時間寶盒，然後相約在某個特定時間再一起打開，我也埋過。

然而當寶盒再次打開時，卻發現那個一起埋下的人已經不在了，那種痛苦，就像心臟被剝了一層似的，感覺痛，而且空空的，彷彿少了許多東西。

「還有這個。」她拿出一張老舊的成績單，「這是我第一次考試考得那麼糟糕，我成績一向中上的，英語竟然考了三十六分，根本就不敢拿回家給父母看。

「為了逃避，就埋了進來，當時的自己，真的好傻！最後父母知道了，還被狠狠揍了一頓。」

她一樣一樣將盒子裡的東西小心翼翼地拿出來，眼睛溫柔地注視著，早已忘掉來的目的，甚至忘記我的存在。

「天哪，這是我送給宛欣的生日禮物，沒想到她那麼珍惜！」她望著一只耳環驚訝道。突然想起了許宛欣遺物中的另外一只耳環，看樣子應該是一對的。

我突然有點羨慕雨瀅，她有一個真正的好友，一個真的很重視她和雨瀅之間的友情，重視到不惜犧牲自己甚至利用別人的感情，來了解奪走好友感情的那個混蛋男生，究竟是不是一個可以託付的人。

那樣的朋友，一輩子能夠遇到一個已經是奢望了。

回憶總是會帶來沉重的氣氛，我在這種氣氛裡總是難以習慣，看著面前不斷哭泣的雨瀅，看著滿地的回憶，我甚至不知道自己的雙手雙腳應該放在哪裡。許久，我才一把抓住了她，又一次的緊緊抱住。

我不是個善於安慰別人的傢伙，偏偏在我面前哭泣的女孩實在不曾少過。見多了，也明白了一件事，有時，哭泣的女孩並不需要你的語言，只是希望有一個可以依靠的寬闊肩膀，我的肩膀很寬闊，而且，突然想讓她依靠。

雨瀅身體微微一僵硬，然後用力地摟住我。她抬起頭，噘起的小嘴倔強地半開半合，像在說些什麼。她漂亮的大眼睛流著淚水，勇敢的，一眨不眨地望著我。

於是，我吻了她。

她的唇很柔軟，很燙，略帶著清淡的甜味。我用舌頭撬開她潔白的牙齒，她有些害怕，稍微小心地掙扎著，又怕咬到我，只好一動不動地任我的舌頭四處肆虐，尋找著甘甜的源頭深處。

那個甜蜜的吻不知持續了多久，直到感覺再也無法呼吸了，雙唇才依依不捨地分開。雨瀅將紅得發燙的臉頰藏進我的胸口，用力吸著氣。

我抬起她的頭，讓她依舊迷離的雙眼望向我，說道：「以後不准再哭了，不然看我怎麼收拾妳！」

「我偏要哭，就哭給你看。」她耍賴似的拉著我的手。

我笑起來，「那以後我不吻妳了。」

「你——」她的臉更紅了，「你欺負人家！」

「我哪裡欺負妳了，我的姑奶奶，我可是什麼都沒有做過。」

「明明都對人家那樣了，還說什麼都沒有做。哼，總之你要負責任！」

我大笑，「我做哪樣了？人證？物證？事情發生時間？原因？拿出來給我看看啊！」

「哼，耍賴，賴皮！人家不理你了！」她哼了一聲，本來想用力地將我的手甩開，又怕太用力，只好賭氣地轉過身去。

「那現在，妳心情好一點了吧？」走過去，從身後抱住了她不盈一握的纖細腰肢，我湊在她耳邊輕聲問。

她的身體一顫，握住了我的手掌。「謝謝，我好多了。」

「那還等什麼，繼續工作！」我大聲吼著，「妳在時間盒裡找一下，看看有沒有什麼是從前沒有的，或者最可疑的東西！說不定真的能找出許宛欣不是自殺的證據。」

雨瀅終於打起了精神，她衝我甜甜地笑著，趁我沒注意，踮起腳，飛快在我嘴唇上吻了一下，這才羞得蹲下身，仔細篩選起盒子裡的東西來。

我捂住嘴唇，腦子稍微有些空白。那種蜻蜓點水的柔軟觸感，即使在多年後想起，都會產生一種淡淡的溫馨。

不久後，她拿著一個青銅人頭像，奇怪地叫出來。「這是什麼？好像很眼熟的樣子？」

我瞥了一眼，「當然眼熟了，那不是我們在青山療養院聯誼時找到的嗎？一共有三個，錢墉、許宛欣還有另一個男孩，他們霸道的一人一個瓜分掉了！」

「難怪，但為什麼宛欣會把它放在盒子裡？」

「妳不是說她留下什麼死亡留言嗎？或許這個就是了。」我將青銅人像拿在手心裡仔細打量。

這明顯是兩千多年前西蜀魚鳧王國的神像，誇張的大眼睛即使沒有張開，似乎也能看透人心，光是望著它，都會令自己感覺到一股寒意。

錢墉剛將這些東西找出來時，自己也看過，那時候判斷應該是地攤貨，但此刻真真實實地拿在手裡，感受著青銅的觸感，看著精緻的細部輪廓，卻開始有點懷疑了。

兩千多年來，這個世界有了天翻地覆的變化，工業也在每時每刻瘋狂增長著，尺度甚至精細到了以奈米計算。

但有一點人類退步了，而且退步得越來越快，那便是手工藝術。摸著青銅人面像，我猶豫著，它的精緻早就超出現代的手工水準，絕對不是粗糙的地攤貨色可以比擬的。

難道，這玩意兒是真的？是三星堆還沒有被發現前，被某些盜墓者從堆裡偷出來的流落品？可為什麼這些東西會藏在青山療養院中？

見我陷入了沉思，雨瀅小心翼翼地拉了拉我的衣角。「阿夜，人家都看過了。就只有你手裡的那個東西不是原來埋進去的。」

我點點頭，「應該就是了。那時間盒妳準備怎麼處理？」

「我想埋回去，畢竟，這是我和宛欣共同的回憶。既然她已經永遠不在了，那麼就讓時間盒永遠埋在地底，陪著她吧。」她的眼圈略紅，努力不讓自己哭出來。

我微微一笑，「那我們現在就動手。」

手再次碰到鏟子，就在我準備將第一鏟土倒進坑裡時，整個身體突然僵硬了。腦子裡猛地想到了什麼，緩緩轉過頭，我望著雨瀅，全身都在發冷。「雨瀅，有一件奇怪的事不知道妳發現了沒有？」

「什麼事？」她疑惑地問。

「我也是剛才發現的，這裡沒有挖開過的痕跡，而妳的時間寶盒也沒有打開過，甚至封條都沒有破壞，那麼許宛欣究竟是怎麼把青銅人頭像放進去的？」

雨瀅聽懂了，嚇得臉色發白。「太、太不可思議了，難道是宛欣去世後才……」

「傻瓜，這世界上根本就沒有鬼。一定是有某些東西被我們忽略了。」我打了個冷顫，強自鎮定。

就在這時，手機鈴聲響了起來。我接起來剛聽了幾句，頓時原本就已經不好看的臉色變得更加慘白。

「誰的電話？」雨瀅害怕地靠著我，將我的手臂緊緊抱住。

「是我當員警的表哥。」我語氣喃喃地道，「他問我是不是認識一個叫錢墉的男生。」

「阿墉？他怎麼了？」

「死了，是自殺！據說現場的情況很詭異。」

※　※　※

DATE：五月十八日下午六時

六點正，孫敖和趙宇準時到了青山療養院，看著眼前荒廢已久的龐大建築物，腦袋都有些發麻。這醫院如同一隻張牙舞爪的史前巨獸，緊閉著眼睛，但卻帶著濃烈的危險感。

這地方雖然並不是第一次來，不過從沒有如此不安過。趙宇裹緊外衣，聲音稍微有些哆嗦。「奇怪，這醫院怎麼突然變得感覺很陌生？」

「同感。」孫敖苦笑，「或許是很久沒有人來過的關係吧。」

「也不對，我記得這裡常被各大社團當作試膽大會的場地，即使到現在人氣也應該還很旺。」

「算了，別想那麼多，總之先找到母兮兮再說。」孫敖摸著口袋裡的兩個青銅像，不由得搖了搖頭。

如此有研究價值的東西，居然被那三個女生當作可愛的玩物，據說何伊甚至還用眉筆幫這東西改變造型，實在太荒謬了！不管怎麼說，這也相當於國家的一級文物。

「母兮兮居然約我們在停屍間見面？平時看他膽小的樣子，還真想不到！」趙宇打量著醫院的大門，「奇怪了，這裡最近應該沒有被打開過，都長一大堆蜘蛛網了。」

「他可是殺人犯，怎麼可能從大門進去，明眼人一看就知道裡邊藏著人了。」孫敖打量四周，「我們也別走大門，免得被人跟蹤。我知道附近有個秘道，跟我來。」

他朝左手邊走去，拐了好幾次彎，才來到一個死角前。輕輕撥開牆角的雜草，頓時露出一個不大的洞口。

「難道這就是所謂的狗洞？」趙宇大笑。

孫敖也笑了，「狗洞又怎麼了，就算是貓洞咱們也只能爬進去。快跟上來。」

醫院早就斷水斷電了，封閉的建築內伸手不見五指。他們打開準備好的手電筒，將亮度調到最大，總算稍微提高了能見度。

這裡是醫院的大堂右側，曾經是兒童病房。即使改成療養院後，也是專門供那些身體不健康，但在當時又無法根治的孩子居住。

這裡一共有十個房間，每個房間裡床、枕頭、被褥等都還十分齊全，甚至在療養院倒閉的前一天，員工還自發地將所有的被子疊得整整齊齊的。

用手電筒照去，可以看到可愛的天藍色被套上映著朵朵白雲，很有童趣。

趙宇看著病房中的物件，輕聲道：「小時候我常常覺得奇怪，中國人是個喜歡哄搶的民族，只要是沒人住的地方，就算房檐、屋頂的瓦片都會被偷走。可這麼大間醫院，裡邊的東西居然完全沒有丟，實在太怪異了！」

「似乎也沒什麼值得大驚小怪吧。」孫敖笑著，「你想想，中國人雖然喜歡哄搶，但他們更迷信。既然醫院裡鬧鬼的傳聞傳得沸沸揚揚，又有哪個不怕死的敢把鬧鬼的東西搬回家呢？真的會死於非命也說不定！」

「嗯，有道理！」趙宇點點頭，「看來你對這裡很熟悉，從前常來嗎？」

「每年都會和社員來上幾次。我從小學到大學都是在這附近就讀，而且參加的社團都和這裡沾了一點關係。小學時候是靈異社，國中怪談社，高中鬼怪文學社，大學民俗社，有意思吧？」

趙宇不由得狂笑，「太有意思了，雖然名字不太一樣，但本質上根本就是同類型的社團嘛。」

「因為我從小就對這些怪力亂神的東西感興趣。之所以會選擇民俗社，也是因為這個原因。」孫敖望著眼前的路面淡然道，「說起來，我們幾個已經很久沒有這麼輕鬆地聊過天了？」

趙宇呆了呆，「是有些日子了，自從有了各自的女友和生活後，所有的一切都變了。你小子忙著準備和女友考研究所，我忙著跑社團，然後準備之後工作的事，母兮兮每天都去泡酒吧，根本就什麼都不想，只知道混時間。」

「對啊，不知為什麼，突然有些感謝這次的尋寶活動。如果不是你找到了那幅地圖，我們幾個恐怕一直到畢業都完全沒辦法再聚，然後就各分東西，逐漸將彼此遺忘，老死不相往來。」孫敖嘆了口氣。

「說不定，真的很有可能！」趙宇苦笑，「但誰也沒想到母兮兮居然會殺人！」

「或許他有自己的苦衷吧。」

「那你覺得他聯絡我們，什麼都不要求，只是要我們將剩下的青銅人面像帶去，究竟是什麼意思？難道他真的發現了什麼線索？」

「我也不明白。」孫敖用食指將眼鏡向上推了推，「如果他是清白的，一定不會逃跑，更不會躲進這個地方。」

「那他真的殺了人？」

「我想是。」

「那你覺得警方會不會知道他躲在這裡？」

「現在恐怕已經知道了。」

趙宇大吃一驚，「你怎麼知道的？你報警了？」

「當然不是，我不會那麼沒義氣。」孫敖臉上沒有表情，「但是你想想看，我們是他最好，也是唯一的朋友，警方只是簡單詢問過，就任我們隨便行動，這不奇怪嗎？」

「你的意思是，你早就知道警方在跟蹤我們？」

「也沒多早，只是來這裡之前吧。」

趙宇皺起眉頭，「你這樣做和報警有什麼區別？」

「壽司，別傻了。」孫敖用力拍著他的肩膀，「他是殺人犯，這一點儘管我們不想承認，但已經是既成事實。作為朋友，現在能做的只有一點，就是勸他自首。難道你要讓他在這裡躲一輩子嗎？」

「可是——」趙宇張了張嘴，後邊的話還沒說出口就被孫敖打斷了。「沒什麼可是的，就算想包庇他也已經來不及了。我們還是盡人事，聽天命吧。」

終於，到停屍間了。

醫院的停屍間在地下一樓，此時兩扇鐵門正緊緊地閉著。明知道這裡早就沒有冷氣，但總覺得從腳底竄上一股寒意，很冷，冷得可以將骨髓凍結。

孫敖猶豫了一下，用力敲響了門。

拍了許久，並沒有人來應門。他試探性地喊了幾聲：「毋兮兮，你在嗎？」

「誰和你在一起？」終於，張訶的聲音傳了出來。

「是壽司。」

「人像帶來了嗎？」

「帶來了，母兮兮，你要這東西幹嘛？」

「我發現了一些好事。」張訶嘿嘿笑著，打開門，露出了他燦爛的笑臉。不娘，很男人味，而且看神情還十分滿足，根本不像逃亡的殺人犯。

孫敖和趙宇對視一眼，這才走了進去。剛一進門，張訶已經把手攤開，用亢奮的音調道：「拿來。」

孫敖略微皺起眉頭，從口袋裡掏出剩下的兩個青銅人面像遞給他。

「怎麼只有兩個？」張訶猛地抬起頭，滿臉的期望頓時變得非常陰狠。「你那裡不是有五個嗎？」

「剩下的三個被你嫂子她們拿去了。」趙宇被他的突然變臉嚇了一跳，急忙解釋。

「哦，我就說兄弟一定不會騙我的。」他的臉部肌肉緩緩鬆弛下來，隨意地坐在地上，衝他們道：「坐。」

兩人不經意地互相換了個眼色，緊靠在一起坐了下來。冰冷略帶潮濕的地面，寒意幾乎貼著皮膚湧進身體裡，很不舒服。

「你說母兮兮是不是吸過毒？精神狀態怎麼看都不像正常人！」孫敖小聲說。

趙宇搖頭，「大二之前他的情況我還稍微知道一點，之後就疏遠了。雖然還是好朋友，但他是不是吸毒，不知道。可是現在看起來，很像！」

「唉，看來要頭痛了。」孫敖嘆口氣，用手電筒的光指向張訶。「毋兮兮，說老實話，你是不是殺了人？」

「好像是吧，管他的，我才不在乎。」他忙著將所有的三個人像握在手心，整個人突然舒服地長長呻吟了一聲，全身無力地向地上躺去。

「毋兮兮，你究竟在幹嘛？」孫敖不解地問。

「這就是我發現的秘密。神像的秘密！真的很爽。」張訶醉眼迷濛，半死不活地喘著氣，整個人都在抽搐。「它會為你帶來意想不到的快樂，不要說吸毒，做愛，就算把全世界給我，都不會讓我感覺那麼快樂。真他媽的好東西！」

「你居然會講髒話！」趙宇沉下臉，這傢伙以前雖然女性化得令人噁心，但就因為女性化，所以才常常一副淑女的樣子，說話用詞精挑細選，想都不會去想這些骯髒的詞彙。

現在的他，實在太反常了，反常到陌生！

「老子說了又怎樣？」張訶掙扎著站起來，「老子還要說，他媽的，他媽的，就他媽的！」

孫敖哭笑不得地望著他，這種賴皮的模樣，活像個要糖果不遂的小孩子。

張訶搖搖晃晃地走向趙宇，直到只剩半個手臂的距離。用力伸出手將其中一個青銅人像遞到他身前說道：「這東西真的很爽，不信你試試！」

「我試？要我怎麼試？」趙宇苦笑。

「你把人像握在手心，然後閉上眼睛，隨便想什麼，很快你就會體會到有生以來最大的快樂！」

「還是算了吧。」

「給我拿著！」張訶歇斯底里地大吼了一聲。

趙宇嚇得下意識接住，猶豫了一下，只好坐在地上根據他的說明嘗試起來。

開始時，臉上還帶著無奈和些許不耐煩，沒過多久，孫敖驚訝地發現，趙宇的表情居然變了，變得痛苦和快樂夾雜的奇怪色彩。

之後快樂漸漸佔據了大部分，他的表情越來越誇張，張狂地大笑著，好不容易才停止，然後便是一陣又一陣的全身抽搐。

過了許久才依依不捨地張開眼睛，原本黑亮的瞳孔中依然蒙著一層灰色。「好爽！」

趙宇低下頭呆呆望著手中的雕像，「沒想到它居然還有這種功能，媽的，有了這個，我還要什麼工作，我什麼都可以不要了！」

張訶頓時緊張起來，「靠，這是我的東西。」

趙宇抬起頭，死死望向他手中的青銅像。「你不是還有兩個嗎？再給我一個！」

「這是我的，快還給我！」張訶大吼大叫，撲上去就搶。

「我們不是朋友嗎？你的還不是我的。」趙宇笑得很怪異，他溫柔地說著話，手上動作卻完全沒有和表情符合一致，一拳頭就將張訶打翻在地上，然後用力扳開他的指頭想將東西搶過來。

孫敖看得莫名其妙，雖然無法解釋他們的行為，但也知道不能再放任不管，便大叫了一聲：「你們在幹嘛，都給我住手！」

在那大音量的衝擊下，趙宇突然呆住了，張訶想都沒想，藉機衝過去將青銅像搶過來便奪門而逃，很快就消失在黑暗中。

趙宇仍然呆呆地站在原地，一動也不動。

孫敖小心翼翼地觀察他，判斷沒有危險性後，這才抓住他的肩膀用力搖晃。好不容易他才清醒過來，迷惑地望著四周，喃喃道：「我剛才是怎麼了？」

「不知道，有點像是中邪！」孫敖苦笑，「剩下的事以後再討論，先把母兮兮追回來再說。」

趙宇點點頭，摸著腦袋向停屍間外走去。

漫無目的在青山療養院裡搜查了好幾個小時，幾乎將所有地方都找遍，依然看不到張訶的身影。

孫敖滿臉惱怒，彷彿要爆發似的每向前走一步，眉頭都皺緊一次，終於，他們來到大門口。再也不需要隱瞞什麼，他用力將門拉開，兩個人就在那一瞬間呆住了。

在眼前不遠處，有個黑乎乎的東西猛地落了下來……

第五章 DATE：六月三日下午五點十一分序幕

有人說死亡是純粹的永恆，我們深愛的人死了，便在那一刻永生了，就像電影一樣。死亡的人是一部電影，沒有比這更電影的電影。

我們不知道流失的是生命，還是血液，或者是其他的什麼東西。我們在為我們自己累著痛苦的同時，死者也殘留下了他生存過的痕跡，以及死亡時那一刻的狀態。

錢墉死時的狀態並不好看，甚至，有點恐怖。

當我和雨瀅來到他家樓下時，警方已經拉起了警戒線，並將他的父母都客氣地請了出來，這兩位可憐的中年男女哭哭啼啼的，癱坐在地上，身旁正有個漂亮的女士辛苦地勸慰著。

「嫂子！」我走上去甜甜地叫道。

「小夜，你怎麼來了。」她略微有些吃驚，迅速掃了一眼身旁的雨瀅，笑道：「死小子，你又換女友了？夠行的，比你那個笨蛋表哥有本事多了！」

我訕笑，「嫂子真的希望表哥桃花運滿天飛嗎？」

「他敢！」漂亮的大眼睛瞪著我，「對了，你究竟是來幹嘛的？」

「來看一個朋友。」我神色有些黯然。

「朋友？他住這裡？」

真是有夠遲鈍的女人，我算是服了。嘆口氣，沒有再理會這個未來的笨蛋親戚，幾步走到錢墉的家人前。「伯父伯母，我是小墉的好朋友，我叫夜不語。」

「你好。」伯父緊緊地抱著伯母，也沒抬頭看我，只是呆板地打了個招呼。見無法正常溝通，我拉起警戒線走了進去。

「小夜，你幹嘛！」嫂子攔住我，「雖然你是熟人，但這裡已經被警方封鎖。等調查完畢你才能去見你的朋友，而且，你朋友的屍體實在有點……」

不用說，我也知道他的屍體不會好看到哪裡去，不然表哥不會在電話裡提到「詭異」這個詞。用力拍著嫂子的肩膀，要她不用擔心，然後又勸雨瀅留下來，我這才不顧阻攔地向樓上走去。

嫂子明顯不了解情況，我只好打電話給表哥，那傢伙好說歹說，她狐疑地看了我一眼，終於不再堅持攔住我。

錢墉住在這棟公寓的二樓，一推開門，就看到刑事組的幾個老熟人臉色有些難看，像是吐過好幾次。

真的有那麼難看嗎？

我疑惑地走進臥室，表哥正忙東忙西地蒐集證據，見我來了隨意地揮揮手，向屍體的方向指了指。這時候法醫剛好檢查結束，正小聲向副隊長彙報。

用力地深呼吸，我蹲下身子，將白布單拉起來，頓時倒抽一口冷氣，雖然已經做了最壞的心理準備，但還是被嚇了一大跳。

錢墉左手死死地拽著一把美工刀，整個肚子已經被完全剖開，內臟有被攪動過的痕跡，血液、體液和腸子流了一地，但是他的表情偏偏又是一副十分安寧的樣子，嘴角甚至還帶著微笑。

他的眼睛睜開，安靜地平視前方，彷彿在望著我，彷彿才剛剛睡醒，準備要起床吃飯。死亡時間應該不長，屍體上還沒有明顯的屍斑出現。

我盯著他的屍體看了足足有一分鐘，然後感覺胃中一陣翻滾，險些吐了出來。

「怎麼樣，夠有視覺衝擊吧？」表哥在一旁露出看好戲的嘴臉，譏笑道：「還是第一次看到我們家小夜出現噁心的生理現象，有趣！」

「我可不覺得有趣。」我冷冷地問，「法醫的鑑定？」

「你的朋友是在五個小時前死亡的，死亡原因是流血以及損傷面積過大引起心臟停止，最後導致腦部死亡。

「根據初步判定，死者是自殺。他用美工刀從上而下在肚子上劃開了一道近二十二公分的傷口，因為力道有些大的關係，不但剖開了脂肪層，還損傷了一部分的腸道。然後他用右手在內臟中攪動，彷彿在尋找什麼的樣子。」

表哥的臉部肌肉不由得抽動了一下，「死者沒有精神方面的就醫紀錄，而且家族也沒有精神病史。」

我的神色黯然，「從受傷到死亡，歷時多久？」

「我判斷，至少半個小時以上。」

「半個小時？是嗎？」我嘆了口氣，再次望向屍體的臉孔，那副安詳的表情越看越覺得詭異刺眼。「表哥，你說將肚子剖開，然後又在裡邊不斷攪動，那種痛苦會到什麼程度？」

「在沒有打麻醉和鎮定劑的情況下，那種痛苦足以令人死上一百次。」

「但那人經歷了這種痛苦至少半個小時，臉部表情卻絲毫看不出痛苦過的神態。你說，這有可能嗎？」

表哥搖頭，「不可能，除非他有服用毒品。」

「那他死前吸過毒？」我皺眉。

「沒有。我們在他身體裡找不到任何毒品殘留。」

「那，該死的究竟是怎麼回事？」我氣惱地吼了一聲。

「我也不知道。」表哥有些沮喪，「對了，我總覺得他是為了尋找某些東西才將肚子剖開的。臨死時，右手還緊緊拽著一個奇怪的人像。」

他將一個證物袋遞給我。袋子裡裝的東西我很熟悉，那誇張但又閉著的冰冷大眼睛，那副討厭的臉孔，正好是我們在聯誼時，從青山療養院裡找到的青銅人面像。

我看著這個東西，許久，才僵硬地轉過頭望向表哥。「他死時，真的是左手拿著刀，右手拿著人像？」

表哥不知道我想說什麼，微微一愣，點頭。

「那他一定不是自殺。至少，他自殺不是出於自己的意志！」我望向錢墉早已冰冷的屍體，「一定是有某種無法解釋的原因，讓他那麼做的。」

「原因？」表哥早已習慣我常常出人意料的判斷，只是淡淡地吐出兩個字。

「很簡單，他根本就不是個左撇子。試問，你有辦法用不熟悉的那隻手將肚子劃開嗎？而且，美工刀的刀口還是向外而不是反方向握著。人家日本武士剖腹都知道刀口要向內才方便。」

「但是有沒有可能他其實是左撇子，一直出於某種目的裝出正常人的習慣呢？」

「你開什麼玩笑。」我拉著表哥的手，在屍體的手掌上摸一圈。「感覺到沒有，錢墉右手的繭明顯比左手多得多，足夠證明他是人類中百分之七十三裡頭，慣用右手的人之一。」

表哥沉默下來，我也沉默。兩人十分有默契的同時嘆口氣，走到客廳坐下。

「這個事件你怎麼看？」過了許久，他才抬頭望向我。

「恐怕不是普通事件。雖然知道這點，你也只能按照慣例處理吧？」我揉了揉鼻子。

他點頭，「不管怎樣，這是一件自殺案，向上面也只能這麼報。畢竟可以證明他自殺的線索太多，女友不久才前過世，自己也稍後殉情。

「在輟學後的某一天，趁著父母去上班時割開自己的肚子，尋找依然深愛著那個女人的心臟，表示自己的忠貞不渝，真是個非常淒美的都市悲劇。

「媒體就像狗一樣，早就眼巴巴地盯住這件案子了，只要警方一宣布為自殺，恐怕明早的頭版頭條立刻會將這事件，編成催人淚下的即時小說賺取銷量。這種情況下，就算知道他不是自殺，背後就算有隱情，也不能報出去！我根本就什麼都做不到。」

「我了解。」站起身來，辛苦地在臉上擠出笑容，淡淡道：「那剩下的就交給我好了。總之，我已經開始感覺有意思了。哼，一定要將這個事件查個水落石出才行，不然，怎麼對得起朋友。」

表哥有些愕然，但出奇的沒有再說什麼，只是拍了拍我的肩膀率先走了出去。我死死地看著手中的證物袋，小心地向左右掃視了一番，然後偷偷揣進口袋裡。

總覺得整起事件都和這個青銅人面像有很大的關係，看來應該好好查找一番它們的來歷了！

※　※　※

DATE：五月二十日下午一點

城市最中央的希望之塔鐘聲響起，將呆呆坐著的孫敖和趙宇同時驚醒。孫敖望著手中的可樂和漢堡苦笑，一時間不知道該做些什麼。

抬頭望著高高聳立的鐘塔，看著眼前來來往往、嘻笑怒罵的人群。頭頂雖然曝曬在高達三十度的陽光中，但不知為何，他的身體只感到陣陣寒意。

張訶就那樣死了，死在他們眼前，腦袋塌陷了一大塊，白花花的腦髓摻著鮮紅的血液流了一地。

他的表情安詳，帶著無比滿足的愉悅心情，嘴角甚至流露著微微的笑意。那種笑意搭配扭曲變形的四肢，以及幾根刺穿他身體的鋼纖，顯得極為詭異。

他是墜樓而亡的。就在兩人愣住的同時，埋伏在四周的員警已經衝了過來，此後的事情便變得不堪回首，員警對他們進行了一次又一次的反覆詢問，直到鑑識科證明他們沒有殺人的時間後，這才悻悻地放他們離開。

到今天為止，這件事已經過去兩天了。只是這兩天實在太漫長，漫長到即使回憶，也會像八十多歲記憶力衰退兼患有老年痴呆的舊時代老人般，模模糊糊的。

曉雪一直安慰著他，硬是榨乾了他所有的精力，疲倦到就連抬起手臂的力氣都沒有。好不容易，他才勉強振作起來，然後打電話約了趙宇。

「敖老頭，母兮兮真的死了嗎？」趙宇直到現在都還懷著一絲僥倖心理，希望一切都只是場噩夢。

「嗯。」孫敖輕輕地將手中的食物放下，用身上的漢堡屑餵螞蟻。「好像一場噩夢。」

「你說，明明一個活生生的人，為什麼突然就死了？」

「誰知道？警方說他是因為走投無路，所以爬上青山醫院頂樓跳樓自殺。」孫敖頓了頓，「但是以他當時的精神狀態，怎麼可能自殺？」

趙宇詫異地抬起頭，「為什麼？母兮兮不是陷入歇斯底里嗎？那種情況下，什麼事情都可能做。」

「不對。」孫敖搖頭，「當時他緊張地搶了青銅像就跑出去，明顯青銅像對他而言，比生命還珍貴。試問帶著那麼珍貴的東西，為什麼他還會想自殺？」

「但是警方並沒有從他身上找出青銅像，他一定是在自殺前先藏起來了。」

「就算如此，我還是不相信他是自殺。或許當中有一些我們並不了解的因素在。」不由得想起在醫院的停屍間中，兩人爭奪青銅像的詭異景象，孫敖全身都抖了一下。

趙宇不解地搖頭，但也沒在這個問題上繼續纏下去。「算了，他已經死了。我們還是來討論一下寶藏的事。青銅像只剩下三個，還能繼續調查嗎？」

「都有人死了，你還想找寶藏？」孫敖瞪了他一眼。

趙宇反瞪過去，「你就不想？」

孫敖低頭，將可樂湊到嘴邊猛喝了一口，抬頭，燦爛地笑起來。「廢話，當然想！」

兩人望著對方，同時大笑。

「青銅像應該還被母兮兮藏在青山療養院中的某個地方，過幾天抽空再去一次，說不定能找出來。」孫敖想了想，「現在我們先把女孩子手上的青銅人像哄回來，嘗試從其他沒有想過的方向好好再研究，說不定能有新的發現。」

「嗯，我也覺得那些青銅像不像外表那麼簡單，恐怕隱藏著某些秘密！」趙宇點頭，又一次想起在停屍間裡，青銅像為他帶來的欲仙欲死的快樂感覺。

就在這時，他的手機猛地響起來。有條新的簡訊，是女友王芸發的，要他快點到她租的房子去，有急事。

趙宇苦笑，「這小妮子，張訶死後就再也沒有聯絡過我，也不知道自己的男友有多痛苦。真不知道自己為什麼會交這樣的女友。」

孫敖拍了拍他的肩膀，「女人就是這樣，特別是漂亮女人，越漂亮越任性。忍一忍，把她從女友升級成老婆，把生米煮成熟飯就搞定了，到時候她絕對千依百順的！」

趙宇不無忌妒，「可你家的曉雪就是又漂亮又溫柔又懂事啊，實在太羨慕了！」

孫敖嘿嘿笑起來，「沒辦法，誰叫我運氣好出手快，把一萬個才出產一個的絕品給買到手了。先聲明，我可是絕對不會放手的！誰和我搶我和誰拚命！」

「知道了，我可不敢！」趙宇看著簡訊，不由得咕噥：「奇怪，王芸那小妮子平時最討厭簡訊的，今天究竟是颳什麼風，居然傳簡訊給我。」

孫敖聽在耳中，不由得皺了皺眉頭，本想說些什麼，不過趙宇已經衝他擺擺手，攔住一輛計程車，風一般的走掉了。

四周猛地颳起一陣地堂風，他冷得抖了抖，抬頭望著炎炎烈日，嘆了口氣。

※ ※ ※

DATE：五月二十日下午兩點十一分

不過是五月末，天氣已經熱到令人發瘋的程度。趙宇從計程車上走下來，頓時感覺一股熱氣迎面沾在身上，很不舒服。

女友租的房子在城市南區，很舊的老樓內。沒辦法，畢竟他們都是學生，房租太高實在應付不來，就算如此，有一半的房錢還是自己出的，雖然王芸怎麼樣都不准自己搬進去和她同住。

鬱悶，全世界所有人一眼都能看出他們兩人的關係，為什麼就不能同居呢？她可不是個保守的人，只要被甩到床上，立刻就會變身為蕩婦，但這蕩婦實在很在意別人的看法，在乎其他人指指點點，說她未婚同居。

即使整個中國有三成以上的大學生，早已開始了同居生涯，她還是怕。

無奈地敲響房門，不一會兒，便從裡邊傳出一陣木屐踐踏地板的聲音，然後有人打開了房門。但那人卻不是自己的女友。

「小伊，妳怎麼在這裡？」趙宇驚訝地看著她。

何伊穿著一身粉紅色的斑點睡衣，臉上也微微泛紅，額頭還殘留著汗水。「小芸讓我搬進來陪她，她說最近自己一個人，總覺得害怕！」

「那她人呢？」

趙宇心裡一陣亂罵，那小妮子，害怕都不叫自己，她真的當自己是男友嗎？不過眼前這位小美女的身材沒想到居然那麼有料。

平時老喜歡穿寬鬆的衣服外加人偏瘦，實在很難看出來，她的胸部至少有D以上，碩大的豐滿凸出將睡衣撐得緊緊的，令人心底像是有老鼠在不斷地撓，實在很癢。

「小芸剛剛出去了，她叫我等你。」何伊見他的視線一直停留在自己的胸部上，原本就紅潤的臉更加紅了，不過卻沒有躲開，反而驕傲的一挺胸部，衝他笑著。

趙宇驚覺自己的失神，尷尬地笑幾聲，連忙脫下鞋子走進門去。

房間裡的擺設依然和上次來時一模一樣，只是整潔了許多。大概有何伊在，那個大邋遢鬼就更可以名正言順地偷懶，將整個煩人的打掃任務統統扔給小伊。

「房間都是妳在打掃嗎？」趙宇坐到沙發上沒話找話。

「對，還算乾淨吧？」何伊笑笑。

兩人同時陷入沉默，實在不知道該找什麼話題繼續聊下去。他玩弄著自己的手指。而她從沙發上拿過一只軟軟的抱枕舒服地抱在懷裡，望著天花板發呆。

過了許久，何伊才像想到了什麼似的，突然「啊」了一聲：「對了，人家熬了一鍋湯，盛一點給你喝。」

說完便急急忙忙地向廚房走，甚至差些拐到腳。趙宇笑起來，這女孩還是那麼冒失，認識快三年了，根本就沒有變過。

不久，她端了一碗熱騰騰的濃湯，小心翼翼地走過來，還一邊用力朝碗裡吹氣。那副家庭主婦的樣子，真的很可愛。

「小心，有些燙。」她將湯遞給他。

趙宇接過來，確實燙了點，但還算能夠入口。他像品酒似的微微抿了一小口，然後閉上眼睛舒服地嘆了口氣。

湯的味道很特別，夾雜著濃烈的墨魚以及一種完全陌生的肉類味道，很鮮美，彷彿進入嘴裡便融入了身體的四肢百竅中，滾燙的溫度偏偏在流入胃裡時，湧上一股寒意，實在難以形容的好喝。

何伊見他那副誇張的樣子，眼中都流露著笑意，溫柔地抽出衛生紙，輕輕將他的嘴擦乾淨。兩人的視線突然重合在一個位置，呆住，然後同時臉紅。她退回沙發上，又抱起抱枕心不在焉地玩著。

「那個，小伊，我們認識多久了？」趙宇見屋內的氣氛實在異常得令人不舒服，首先打破沉默。

「很久了。」何伊望向他，「我也記不太清楚了，大概有兩年十一個月零八天吧。」

汗，這也叫記不清楚？趙宇撓了撓頭，「還記得我們是怎麼認識的嗎？」

「當然！」她立刻興奮起來，滿臉的雀躍，彷彿沒有長大的孩子。「大一時，人家被一個混蛋學長拉進學校後邊的樹林裡，想非禮人家，碰巧小宇你經過，然後拚死抱住了他的後腿，一個勁兒地要我快逃，真像個傻瓜！」

「還說我，妳不是就那樣撇下我真的逃掉了！」

何伊臉一紅，「什麼啊，當時人家一個小女生，當然會害怕。而且人家一遇到人就立刻求救，好險，那混蛋感覺危險就立刻跑掉了。

「你被他打得只剩下一口氣，人家在你病床前守了足足三天，也哭了三天，幾乎對世界上所有能叫出名字的神靈都祈禱了一遍，你才醒過來。」

「哈哈，想起來，當時有夠傻的！」趙宇微笑著回憶。

「你後悔了？」

「當然後悔了！後悔沒有早點去學空手道，不然躺在醫院裡的就不是我，而是那個混蛋了！」

「這還差不多。」何伊燦爛地笑著，走到他身旁，坐下，纖瘦但卻溫熱的身體靠在他身上。

「小宇，你知道嗎？當時我在醫院裡一邊哭著，一邊對著遠處的星星許下了一個願望。」她將粉嘟嘟的小嘴湊到他耳邊，「你猜猜是什麼！」

「怎麼可能猜到。」趙宇感覺耳朵一陣燥熱，溫濕的氣息衝入耳道，癢癢的。

「嘻嘻，我發誓說，如果病床上的那個男人真的清醒過來的話，我就嫁給他，永遠只愛他一個，千依百順，做一個全世界都稱讚的模範老婆。」她滑膩的纖柔雙手捧住了他的臉，「你說，人家很傻吧。」

趙宇感覺自己的呼吸急促了起來，嗓子沙啞，什麼話都說不出來了。

何伊的身體再次靠了過來，豐滿的雙峰完全壓在胸前，軟軟的，很舒服。她的手在他身上不斷游移，眼睛一眨不眨地看著他，雖然眸子中隱藏著一絲害羞，但更多的是勇敢。

何伊雪白的大腿微微抬起來，跨坐到他腿上，身體突然一個僵硬，然後她羞羞地笑了起來，裸露出的皮膚變得一片粉紅。

「小宇，你有反應了。嘻嘻，人家好害羞！」她嘴裡輕輕說著話，右手從他背後收回，撫上了自己的身體，然後一點一點地解開了睡衣的鈕釦。

趙宇的心臟瘋狂地跳動著，渾身的血液彷彿受到牽引似的向下衝，何伊全身只有一件薄薄的睡衣，透過短褲，滑膩的皮膚完全接觸在腿上。

這時候她已經把睡衣脫下，隨意地一扔，頓時漂亮的雪白肉體上只剩下一條米黃色的卡通內褲，然後她瘋狂地吻上了他的唇。

火熱的舌頭在他的嘴裡不斷攪動著，帶著微微的薄荷香味。她的手沒有閒著，轉入他的T恤中順著他的肌肉慢慢向下移動，就快要觸碰到禁忌之地時，趙宇掙扎著從她甜美的吻中逃出，深深地吸了口氣，脫下T恤，套在她身上。

何伊呆住了，跪坐在地上淚流滿面。

「為什麼？」她抬起頭，美麗清純的臉痛苦地扭曲起來。

「我有女朋友了。」趙宇淡淡道，向王芸的寢室走去。

又是那個女人，哼，該死的！那個女人在一年前將自己最愛的男人奪走，還常常在自己面前炫耀。她根本就不知道自己有多痛苦！那女人真的該死！何伊細嫩的小手用力捶在地上，終於大聲哭了出來。

趙宇推開女友臥室的房門，想在剛才的刺激下清醒過來。鎖好門，嘆口氣躺倒在柔軟的床上，他苦笑著搖了搖頭。自己一直把何伊當作最疼愛的妹妹，從來沒有過什麼非分之想，卻一直忽略了她的感受。雖然明知道很殘忍，但是作為男人，這點決斷還是應該有的。

伸了個動作很大的懶腰，手突然碰到了一個冰冷的硬物。隨意拿過來一看，沒想到是王芸的手機。這小妮子，出門居然會忘了帶手機，真是有夠糊塗的。唉，雖然那女人實在有很多缺點，可是沒辦法，自己就是愛她。

翻開手機，他剛看螢幕就愣住了。手機上顯示著二十多通未接來電，最早的一通是在兩天前，甚至有幾通是她家裡的電話。他了解自己的女人，那小妮子雖然糊塗，但還是有個來電必回撥的好習慣，就因為這個習慣還常常受到廣告電話的騷擾！

而且從家裡來的電話，很少有人不回的吧！

難道說，這支電話她已經兩天多沒有碰過了？

莫非王芸已經失蹤了兩天？為什麼何伊會說她是剛剛才出去？

突然，從心底冒出一絲不好的預感。趙宇用力打開門，只見何伊背著手，呆呆地站在客廳中央。

「小伊，小芸是不是失蹤了？」趙宇衝她大吼一聲。

她沒有太大的反應，只是臉上流露著微笑，表情詭異。「沒錯。確實失蹤兩天了。」

「為什麼妳不通知我！」他氣急敗壞地向她走過去。

「為什麼我要通知你？那個女人的死活關我什麼事？」何伊哼了一聲，嘴角咧開不知名的笑，聲音又溫柔起來。「小宇，剛剛的那碗湯很好喝，對吧？」

趙宇皺了皺眉頭沒有回答。

「你在害怕嗎？還是你在猜測某些不太敢想像的東西？」她歇斯底里地大笑，笑得纖細的腰肢都彎了下去。「告訴你，那個壞女人已經死了！她已經死了。」

「是妳殺的？」此時此刻，趙宇出奇地冷靜，腦中模模糊糊地放出警報，精神也前所未有地緊張起來。

「沒錯，是我殺的。就是用這雙手。」何伊伸出白皙的雙手，抬高，右手上赫然握著一把尖利的菜刀。「她死時依然一副難以置信的樣子，瞪大絕望的眼睛看著我，那種表情真的令人心曠神怡。她把你從我身邊奪走了，她欠我的，就一定要還！」

「那碗湯？」

「湯很好喝吧？當然會好喝，是用那個賤人的胸口肉熬了八個小時才煮好的。我可是用了許多好材料哦！」她嘻嘻笑著，眼睛一眨不眨地盯著他，彷彿是獵手找到了獵物。

趙宇頓時感覺胃部一陣翻滾，忍不住吐了出來。

「你幹嘛要吐？那不是你最愛的女人，不是你最愛的部位嗎？」何伊用刀在自己赤裸的豐滿胸口上割了一刀，鮮紅的血立刻流了出來，但她卻似乎感覺不到疼痛，依舊一個勁兒地傻笑著。「小宇，我知道你永遠都不會愛上我。我知道，真的知道！

「那好，既然生不能在一起，那我們就一起下地獄！」

她猛地用刀刺向他，趙宇捂住胃部四處躲避。雖然自己練過空手道，但現在居然比不上一名持刀的瘋女人。這瘋女人很瘦弱，但是力氣卻出奇地大，她瘋了一般地大笑著，已經在他的身上割了好幾個傷口，有個傷口甚至離心臟只有一尺的距離。

這場妳追我躲的現實劇上演了十多分鐘，突然大門猛地被人踢開，幾名員警跟著孫敖走了進來。

何伊望向衝進來的人，絕望地拿著刀向最近的一名員警刺過去。那名員警明顯是菜鳥，持槍的手拚命抖動，對近在咫尺，那個滿身是血、披頭散髮的恐怖女人，就是無法扣動扳機。就在尖銳的刀尖刺上他的胸口，甚至劃開他的皮膚時，槍聲終於響了。

他身後的一名老員警手微微顫抖，開槍後整個人都虛脫地倒在地上。何伊眉心中央正中一槍，當場斃命。但不知為何，她的表情卻如同解脫了似的微笑著，笑得讓人從心底泛出寒意。

警方稍微清理了四周，就地做筆錄，稍後才把屍體帶走。整間出租房又安靜了下來。兩人彷彿經歷了一個世紀的痛苦似的，癱在沙發上，許久才抬頭對視。

「你怎麼知道何伊有問題的？」趙宇疲倦地笑了笑。

「沒什麼，只是你走了以後我眼皮直跳，彷彿會有不好的事發生。然後我就想到了會不會是你有危險。」孫敖淡然道。

「靠，你還是那麼相信自己的直覺。」他嘆口氣，「不過最蠢的是，我有朝一日居然被你那破爛的直覺救了。」

「那你是不是應該好好感謝我？」

「廢話，當然要感謝。」趙宇向他攤開手，「曉雪那裡的青銅像你拿回來了嗎？給我！」

「還沒來得及回去跟她要。怎麼？」孫敖疑惑地問。

「我有個新的發現。」趙宇說著從身上掏出兩個青銅人像，站起身。「跟我來，你絕對會大吃一驚！」

「這是何伊還有小芸拿去的那兩個？你什麼時候找出來的？」孫敖略有些驚訝。

「當然是趁著員警沒注意時偷偷塞進口袋裡的，如果被當作證物沒收就麻煩了。」

趙宇說著跟孫敖進了臥室，關上門，關掉燈，四周頓時陷入一陣黑暗。

「這就是你要給我看的發現？在哪？」孫敖奇怪地問。

「噓，安靜，等一下你就能看到了。」趙宇悄聲道。

孫敖在黑暗中點點頭，耐心等待著。突然感覺背後一涼，有個尖銳的東西猛地刺入身體。然後大腦開始迷糊起來，似乎有什麼東西在不斷地向外流，他迷惑地摸過去，很溫暖，很黏稠，是血。自己的血？

痛，強烈的劇痛開始席捲全身，他無力地倒在地上，只朦朧地聽到趙宇近乎瘋狂的大笑聲。

「為什麼？」他到死都覺得有些不可思議，拚著最後的力氣，將這三個字從喉嚨裡逼出來。

又是一陣大笑後，趙宇冷靜到令人心寒的聲音響起。「不為什麼，只是突然很想感受一下用刀刺進人肉的滋味……」

似乎後頭還有些什麼話，但孫敖已經完全聽不到了，帶著滿臉的不甘，他瞪大眼睛望著虛空，嚥下了最後一口氣。

許久，趙宇才將燈打開，用腳在漸漸流失體溫的屍體上踢了踢，這才隨便收拾了行李，將青銅像細心地藏在行李的最深處，向門外走去。

炎熱的溫度，碧空萬里，他轉過身向越來越遠的出租屋望了一眼，笑了。

To be continued……

番外・我的田

田，翻開辭海，能夠找到它的定義：一塊蘊藏、出產或生產一種自然資源的土地。但當田地裡出產的東西不再為人所利用，而是變成索命的異物後。人類，該何去何從呢？

楔子

「喂喂，妳說，這個世界的好男人是不是都去搞同性戀了？」薛思雪問自己的閨密。她坐在咖啡廳裡，大口大口地喝著玫瑰紅茶，臉上還有一絲氣憤。「今天我去相親，遇到了個極品。那個男人長得高大帥氣，有一份好工作，最重要的是非常體貼。本來一開始聊得好好的，我也很心動，以為撿到寶了。最後他才支支吾吾地吐露真言，說想跟我結婚。害得我心臟猛跳。」

「這不是很好嗎？」閨密白心語問。

薛思雪越想越氣不過，「問題是隨後一句話立刻便將我打入地獄。他居然說自己是同性戀，家裡有些傳統不願意接受。所以只想有個表面上的婚姻，他跟我結婚後，我們各過各，互相不干涉。你說，這也太扯了吧，這種事我只在電視裡看過！」

白心語一聽，笑得險些將喝進嘴裡的飲料全噴出來。

她們又聊了一會兒，薛思雪才宣洩完畢，鬱悶的心情好了許多。她跟閨密分手後，向家走去。黑暗染遍了這個城市，看看錶，已經晚上十點半了。這個城市很擁擠也很繁忙，薛思雪在市中心的一棟公寓裡租了間小套房，她作夢都希望擁有自己的房子。不過，以自己乾巴巴的薪水計算，再過三十年也只能買間一房一廳的房子吧。

路過徒步區的一面圍牆時，起霧了，霧濛濛的街燈下一切都朦朦朧朧，看不真切。就在這時，薛思雪居然看到有個人無聊地坐在三輪車上賣菜。薛思雪摸了摸自己的頭髮，覺得那個賣菜的有些搞笑。誰會跑到徒步區招攬生意的，而且還是夜晚十點半？

賣菜的人是個男性，由於坐在陰影下，所以看不清楚臉。薛思雪湊上去看了看菜品，不過是些時令蔬菜罷了，品種雖少，但是看起來水靈靈的很誘人。於是她問明價格，便買了些蘿蔔和大白菜當作明天的晚餐。

賣菜人的聲音很蒼老，語氣乾澀，像是銼刀在磨指尖一般難聽。薛思雪好奇地問：「老伯，你家在哪？這麼晚了還不回去？」

老伯指了指圍牆後。

薛思雪看著身旁的圍牆撓了撓頭，似乎這面圍牆從她搬來前就一直圍著，裡邊也沒有高樓，似乎是一塊荒地，這在寸土寸金的市中心實在很難得。原來裡面還是有人住啊？

沒想太多，女孩提著菜樂呵呵地回了家。老伯賣的蔬菜出乎意料的便宜，這讓薛思雪本來不太好的心情舒爽了許多。人類就是這樣的生物，遇到大事經常腦袋一暈就做了決定。可在小事上總會磨磨蹭蹭，佔了點小便宜就彷彿遇到天大好事般，樂得莫名其妙。

薛思雪回到了自己租屋處，將蔬菜放進冰箱，然後洗了個熱水澡。等她圍著浴巾走出浴室時，看到冰箱的門敞開著，買回來的蔬果掉落一地。

女孩眨了眨眼睛，咕噥道：「房東買的二手家電真不是東西，連冰箱門的膠條都快失效了。」

她將地上的蔬菜重新放好，躺到床上用手機看小說。明天是禮拜六，可以稍微睡個懶覺，薛思雪一邊為自己的晚睡找藉口，一邊為手機上文章的搞笑而笑個不停。關掉燈的房間陷入黑暗裡，整個房中就只剩下手機幽綠的光以及不時傳來的笑。

窗外的燈紅酒綠被厚厚的窗簾隔開，窗戶阻擋了聲音的傳入，房裡顯得無比寂靜。就在這時，冰箱方向突然傳來了「嘩啦啦」的響聲。薛思雪嚇了一跳，等她坐起來望過去時，才發現冰箱裡的門再次開了，蔬菜瓜果又掉了一地。

「這是怎麼搞的！」薛思雪悶悶地走過去將東西裝好，她百思不得其解。雖然冰箱確實是二手貨，可出現這種問題，還真是第一次。女孩找來一把凳子放在冰箱前，又在凳子上擺了一個旅行箱將門堵住，然後拍了拍手。「我看你這次還怎麼蹦出來！」

拿起電話，將這番瑣碎的怪事講給閨密白心語聽，兩人煲了一下電話粥，不經意一仰頭，發現掛在牆上的時鐘居然快要越過十二點。薛思雪大叫糟糕，專家說，超過十二點就寢，對女性的皮膚是致命的傷害。她不漂亮，就只能靠後天培養了。女孩準備走回自己的床，可不知何時，房間突然冷了起來。刺骨的寒意刺激得她不停地發抖。薛思雪用手抱住自己臂膀，絲質睡衣包裹著的玲瓏身材在顫抖，而且不斷地冒出大量的雞皮疙瘩。

猛地，身後傳來「吱呀」一聲，然後便是旅行箱摔在地板以及凳子倒下的聲音。薛思雪整個人都愣住了，她總算發覺那個冰箱有些不對勁，絕對不是門爛掉那麼簡單。

莫名的恐怖感席捲了她的感官神經，女孩頭皮發麻，只感覺本應該熟悉的房間充斥著一股詭異的氣息。薛思雪拚命壓抑著恐懼，回過頭看了一眼。

只見地上一片狼藉，冰箱裡的東西全都掉了出來。彷彿有雙無形的手將其拿出來故意丟在地上似地。今天晚上買的大白菜和蘿蔔甚至滾到了她腳邊。

不知為何，薛思雪突然明白不對勁的來源究竟是什麼了。

正是那些白菜和蘿蔔，從那個有著難聽聲音的老伯車上買來的蔬果。

可惜她知道時已經太晚了。

第二天她的閨密白心語來找薛思雪時，才發現薛思雪神秘地死在租屋中，全身血肉像被吸血鬼吸食得一乾二淨似的，只剩下空殼。

1

張子洲曾經在鄉下生活過，這是他從前的記憶。

自從小時候跟著父親來到城市後，鋼筋水泥的建築充斥眼眸，再也見不到大片的綠色植物，也沒有了小夥伴間天真無邪的生活。他在這個帶著腐朽味的社會中成長，初中、高中、大學，就業，然後失業。走投無路的他，正準備在小公園裡上吊自殺時，命運卻並沒有拋棄他。一個帶著磁性的中年男子聲音突然在他身後響起，「你是張子洲先生嗎？」

張子洲愣然了片刻，這才暫時放棄將頭繼續朝繩結裡套，回頭看了那個聲音的主人一眼。那男人大約四十歲，穿著筆挺的黑西裝，這種人如果不是看電影中毒的黑幫角色扮演者，那就是個律師。

很顯然，這個人是後者。

「我姓周，是你姑丈的律師。他臨死前將一份產業贈與給你。麻煩你跟我辦理相關手續。」周姓律師說。

張子洲愣了愣，總算徹底放棄了自殺，略有些激動地問道：「那老傢伙留了什麼給我？」

「是一畝田，一畝還算不錯的田。」

他聽到這裡頓時黯然，一畝田？自己能拿來幹嘛？可是那時候的張子洲根本就沒有想到，正是姑丈留給他的那畝田徹底改變了他的人生，詭異的事件，也是隨著他接收了那畝田後，逐漸發生在身旁。

姑丈是姑姑的老公，姑姑是父親的妹妹。本來不太複雜的親戚關係，在張子洲的腦子裡卻顯得複雜無比。姑姑這個詞已經很久沒聽到過，自從他們家搬出那個村子後，跟姑姑家就再也沒有聯絡。

沒有想到姑丈死後竟然會想到留東西給他，這令張子洲百思不得其解。但在城市早已沒有容身之地的他並沒有任何選擇，回到了生他卻沒有養他的土地，回到了父親的老家。關於那片土地的記憶，張子洲早已忘得一乾二淨、不留痕跡。所以當他下車，望著眼前的景象時，本來已經抱著失望的心臟先是一跳，接著便是止不住的狂跳。

高樓大廈密密麻麻地聳立在視線中，從前的村莊儼然進化成這座城市的中心。姑父留給他的那畝田就在高樓大廈的腳底下，被圍牆圍著，四周密不透風。牆外是穿梭不停的汽車和人潮如織的購物街。張子洲作夢都想不到，那畝田所在的位置居然如此之好。

在城市中擁有一畝田，應該很值錢吧。只要將其賣出去，他落魄的生活立刻就能得到改善，買房買車，甚至還有餘錢東山再起。

站在那高聳的圍牆前，想像著美好生活，張子洲幾乎快笑傻了。

周律師給他的一堆文件中還附著進入自己產業的簡易地圖。張子洲順著徒步區的圍牆繞了許久，終於在一條小巷子的盡頭找到一扇斑駁的長滿鐵鏽的門。用鑰匙將門打開，他猶如鑽隧道般在漆黑的通道走了兩分鐘，眼前才豁然一亮。

一畝方方正正的田呈現在視網膜裡，田地的四面八方聳立著密不透風的高樓，每棟樓都足足有三十幾層。這一畝田被大廈的圍牆緊緊地圍了起來，終年不見陽光。田地很荒涼，黑色的土地，被陰暗籠罩著，顯得稍微有些詭異。

張子洲環顧了四周一眼，田地右側堆放著一些雜物，視線可及的遠處還有用木板和磚塊修建的幾間簡陋骯髒的小平房。這棟平房很不協調，不在靠近出口最近的地方，修得不中不間，既佔了開墾地，又給人一種不舒服的感覺。他進屋到處看，屋子裡滿是老舊的家具，牆上還貼有姑父和姑姑的泛黃照片。

稍微收拾一番，張子洲將帶來的行李放好，滿意地點點頭。

雖然房子不怎麼樣，可也比自己從前的生活好太多了。這可是市中心，在市中心有這麼大一塊地，怎麼說也能賣個幾百萬吧。他張子洲現在已經是百萬富翁了。躺在硬邦邦的木板床上，張子洲笑得合不攏嘴，他一整夜都在幻想。

夜開始籠罩在這畝田地之上，窗外高樓大廈的燈光似乎無法照射進來，如同這塊田地已經被光明拋棄。時間在黑暗中緩緩流逝，快到十二點時，張子洲突然聽到門外傳來一陣古怪的聲音。

像是咀嚼聲，又像是什麼在蠕動。

他拉開電燈朝外邊望，奇怪的聲音便立刻消失了。電燈的光艱難地刺破黑暗，外邊黑漆漆的，帶著一股毛骨悚然的神秘感。黑土依然是黑土，荒涼的地上什麼都沒有種植。本來應該一目了然的視線範圍裡，雖然什麼也沒有，可張子洲總覺得晚上的田地跟白天看到的有些不一樣。

錯覺吧！人類是向光性的生物，晚上本來就會為一切東西鋪上一層神秘，又是初來乍到，不適應是很正常的。張子洲揉了揉亂糟糟的頭髮，繼續睡覺。

田中的黑土，在人眼看不見的地方靜悄悄地聚集，彷彿白蟻堆般高聳了起來。可沒多久後土堆便轟然倒塌，每一粒跌下去的黑土都猶如擁有生命般爬回了原地。土地恢復原樣，再也難看出任何不同之處。

而這一切，張子洲都毫無察覺。他第二天一早起床，翻出畢業找工作前買的二手西裝，到土地仲介那裡登記了田地的銷售資訊，掛牌價五百萬。一畝地足足有六百六十七平方公尺（約二〇二坪），賣個五百萬不算貴吧？張子洲壞笑著回到屬於自己的寶貴田地前，等待著蜂擁而至的買家。

可是這一等就足足等了半個月，彷彿自己的田根本就沒有人感興趣。張子洲幾乎每天都跑仲介，田的售賣價格也是一降再降，可是依然招攬不到買主。

仲介的小妹有些忍不住了，建議道：「你那塊田位置雖然不錯，但四周都是高樓，面積也不大。單獨賣的話應該是有些困難，只能等政府拆遷了。」

這一番話將張子洲的心打到了谷底，他有些鬱悶。身上已經沒錢了，幸好姑丈死前準備了許多曬乾的蔬菜，不然吃飯都成問題。既然田一時間賣不出去，還不如種些什麼。這裡是市中心，種出來的蔬菜不論是自己吃還是拿出去賣都不錯。無論如何，總比自己從前的日子要好得多。

說幹就幹，張子洲買來種子，按照說明種了半畝蘿蔔。他累得腰痠背痛，早早地吃了晚飯爬上床睡覺去了。

夜色再次籠罩著這塊不大的黑土地，黑土再一次神秘地蠕動起來。

等到張子洲清早起床，吃了早飯準備幫蘿蔔澆水時，他整個人都呆了。只見半畝地的蘿蔔種子，居然在一夜之間生根發芽，抽出枝，長出肥碩的綠油油的葉子。他只感覺自己全身都在顫抖，事情詭異到難以置信。張子洲用發抖的手扯出蘿蔔，白生生的充滿水分的根莖立刻呈現在他眼前。

他揉了揉眼睛，又狠狠地打了自己幾巴掌後，這才意識到自己確實沒有在作夢。

這是怎麼回事？

到底是怎麼回事？

張子洲覺得自己的腦子完全不夠用了！

李豔在徒步區逛街時，順手買了些很便宜的蘿蔔。這些蘿蔔看上去肥美多汁，十分可口。作為一個合格的家庭主婦，她一邊往回家的路上走，一邊思忖著用這些蘿蔔做什麼菜。

用來燉羊肉吧，雖然不是冬天，可今年的秋天特別冷。喝下一碗暖洋洋的羊肉湯，孩子和老公的心情一定會很好。

李豔將買來的蘿蔔去皮切好，然後把剩下的放到陽台。

「這蘿蔔好鮮啊！」餐桌上，老公夾起一塊蘿蔔放入嘴裡，頓時讚不絕口。

兒子也點頭認同，「是啊，老媽，我從來都沒吃過這麼好吃的蘿蔔。入口即化，而且明明是蘿蔔，居然那麼鮮。」

「好吃就多吃點。」見大家都喜歡，李豔笑呵呵的，充滿幸福感。她決定明天再去那個年輕人那裡買點蘿蔔。一邊想一邊夾了塊蘿蔔吃起來，蘿蔔一進嘴，她就瞇起了眼睛。天哪，自己從來沒有吃過這麼鮮這麼爽口的蘿蔔，好吃到，她甚至覺得有些詫異。

這真的是蘿蔔嗎？會不會是什麼新品種？

吃完飯，李豔收拾好碗筷，抬頭時才發現天色早已經黑盡了。夜色瀰漫在窗外，帶著一種難言的朦朧感。晚上七點半，玻璃窗外的霓虹燈光射了進來，將家裡照得光怪陸離。

李豔打開客廳的燈，兒子回房間做作業了，老公在書房裡整理文案，只剩下她一個人待在客廳看連續劇。正沉溺在劇情中的她突然打了個冷顫，不知為何，她總是覺得有一股扎人的視線若有若無地偷窺著她。

那股視線，似乎是從陽台上射過來的。

李豔走過去隔著落地窗往外望，自家的陽台很小，只有一坪多，方方正正一目了然。除了花瓶就只剩下些雜物、以及她準備用來晾曬的蔬菜，並沒有任何可疑的東西！

她巡視了片刻，摸了摸頭髮疑惑不已。剛才的窺視感，現在想來似乎只是錯覺而已。李豔回到沙發繼續看電視，這次偷窺的視線沒有再出現。直到她十點半上床睡覺，一切都很正常。

當她被一陣突如其來的尿意驚醒時，已經十二點半了，李豔從臥室出來穿過客廳去廁所。猛地，一股強烈的窺視感襲來。這股視線帶著恍如實質般可怕的冰冷，猶如寒冬臘月的暴雪天氣，讓她冷到發抖。

有小偷？李豔下意識地想著，立刻尖叫著叫醒了自己的老公。睡意朦朧的老公和兒子都被吵醒了，兩個男子漢一個提著菜刀一個拿著不知從哪弄來的棒子湊近陽台。

往外看了看，依然只看到雜物和花盆，緊張的神經不由得鬆懈下來。兒子失望道：「老媽，哪裡有小偷！」

「老婆，妳最近是不是偵探劇看多了？我早就說少看一點，對身體沒好處。」老公拍了拍妻子的肩膀。

「可我到現在都有種感覺，似乎有什麼東西在看著我們。」李豔委屈地道。

「說起來，我似乎也有這種錯覺。」老公仔細感覺了一下，點頭。「好像是從陽台上傳過來的視線。」

「我就說吧，不管有沒有小偷，總之這件事有些古怪。」李豔皺著眉頭，她心裡發悸，總覺得會有不好的事發生。女性的第六感通常很靈。

大家正準備回房間繼續睡覺時，兒子突然捂住自己的肚子大叫起來：「爸媽，我的胃好痛啊。」

「快打120（中國大陸急救電話），是不是食物中毒？」只不過幾秒鐘，燈光下兒子的臉就從紅潤變得慘白，密密麻麻的汗水爬滿了他全身所有皮膚，他緊抓著胸口，恨不得將手指伸進肉裡去，把痛苦的部位挖出來。

父母被嚇得六神無主，爸爸拿著電話的手都在發抖，好不容易打了電話，自己的兒子已經開始嘔吐。最開始是酸水，然後一團黑色的東西從兒子的喉嚨裡流了出來。那團黑色的玩意散發出刺鼻的氣味，十分噁心。

母親定睛一看，那東西居然是土，黑色的土。

黑土彷彿有生命般，掉在木地板上後不斷地蠕動，尾部還跟兒子的嘴連接在一起，好像一條黑色的蟲子。兒子的身體支撐不住猛地倒在地上，他的瞳孔渙散，似乎那些黑土正從他身上吸取著什麼。

漸漸地，兒子的臉完全沒了血色，也不再動彈。他的皮膚變得不再光滑，皮下的肌肉也開始萎縮變形。兒子的生命力在漸漸消失！

「這是怎麼回事！」李豔夫妻完全驚呆了，他們腦子呆滯，像是石化般站在原地。那股窺視感更加強烈了，房間裡流淌著一股詭異的壓抑，就彷彿周圍的空氣也凝固了似的。他們如同離開了水的魚，就連呼吸也逐漸變得困難。

像是有東西在感染他們，沒多久，夫妻倆也開始覺得胃變得不舒服。有股噁心感凝而不散，充斥在肚子裡，異物似的蠕動著。他們恐懼得要命，拚命地用手抓撓著自己肚子上的皮膚。身體裡的東西動作變得越來越大，想要咬破他們的皮肉從胃部鑽出來。

李豔夫妻不久後也失去了力氣，坐倒在地上，生命力果然在流逝。麻痺的思緒已經支持不了複雜的思考。他們用渙散的眼睛看著模糊的屋子，這間住了十幾年的房子原本無比熟悉，現在卻顯得十分陌生。

肚子中黑色的土在吸取他們的血肉，他們甚至能聽到那些可怕東西吸食時的聲音。黑土終於咬破了他們的胃，從身體裡蠕動了出來。迷糊中李豔恍惚看到，從陽台上滾進來了一些蘿蔔，自己做完飯剩下的蘿蔔。

突然，李豔在臨死前猛地明白了。是自己貪圖小便宜順手買回來的蘿蔔害死了全家。不論自己買回什麼，總之，那些可怕的東西，都絕對不是蘿蔔！

只是知曉這一切時，已經晚了。

3

早晨一起床，張子洲就聽到大門口傳來了敲門聲。聲音很響亮刺耳。他打開門一看，居然是名年輕貌美的女孩，大約二十多歲，長頭髮，穿著時髦，有一雙筆直修長的腿。

「我叫白心語，《都市報》的實習記者。」女孩遞給他一張名片自我介紹道。

張子洲有些疑惑，一名漂亮的記者找自己幹嘛？

「能夠參觀一下裡邊嗎？」白心語自顧自地發問。

他愣愣地點頭，錯開身，女孩已經迫不及待地走了進去。這一畝被陽光拋棄，終年掩蓋在陰影中的黑色田地展露在白心語眼中。比想像中更普通，簡陋的平房，翻過的土，以及拔出來堆積得如小山似的蘿蔔。

「美女，妳是看了我的出售資料，準備來買這塊地的？」張子洲想來想去也搞不清楚女孩的來意，於是試探著問。

「不是。」白心語看也沒看他一眼。

「那就是看了我的網站，想買我的綠色蔬菜。」張子洲拍了拍手表示自己理解。雖然不明白為什麼種在田裡的蔬菜種子會一夜間成熟，但這並不妨礙他的賺錢計畫。最近不是流行綠色蔬菜的種植嗎？自己種的絕對綠色，就連澆水和施肥都來不及，哪裡還用得著灑農藥。於是前兩天張子洲到網咖去申請了一個主頁，準備弄個綠色蔬菜基地出來。

「綠色蔬菜？」白心語一愣，若有所悟地看了那堆肥美多汁的蘿蔔一眼。「賣相確實不錯。」

「要買點嗎？」張子洲拿出一個袋子，「我最近都在附近賣，口碑不錯喔。」

「有回頭客嗎？」白心語瞇著眼睛問。

「當、當然有。」張子洲結巴地回答，他只管賺錢，回頭客什麼的哪有心思注意。

女孩似乎有某些目的，她到處打量一番後，逕直在田邊的木凳上坐下，探頭環顧高聳在四面八方的高樓大廈一眼，沒有再拐彎抹角。「你叫張子洲吧？」

「嗯。」他點頭。

「知道這塊田的上一個主人，也就是你姑父是怎麼死的嗎？」她用審犯人的語氣問。

「律師說是中風。」張子洲突然反應過來，「喂，我幹嘛要回答妳。話說，妳究竟跑來幹嘛的？」

這女孩漂亮雖然漂亮，但是太傲氣了，令本來就有些自卑的張子洲很不爽。

白心語撇撇嘴，抽出一份資料唸道：「張裕，男，五十三歲。根據目擊者指稱，他是在兩個月前猝死。由於獨居，一直都沒有人發現。直到他的律師來找他核對資料時才知道他竟然已經死了。警方的報告顯示，他死前屍體就已經脫水萎縮，像被什麼東西吸去了所有的血液，甚至挖空了他的肉。就算死了半個多月，屍體也沒有發臭。最奇怪的是，蒼蠅不在他身上繁殖，就連細菌都遠離他的身體。」

「停，我說，妳究竟是來幹嘛的？」張子洲大聲打斷了她的話。

女孩一眨不眨地望著他，挑明道：「我覺得這塊田有問題！」

「啥？」張子洲腦袋沒反應過來，下意識以為田裡蔬菜快熟的秘密已經暴露了。可女孩的下一番話卻揭露了其他不為他所知的秘密。「我認為，吃過這田裡種出來的蔬果的人，都沒有好下場，全慘死了。死狀跟你的姑父一模一樣！」

「妳恐怖小說看多了吧！」張子洲憋出了這麼一句話。不知為何，腦袋裡突然又想起蔬菜快熟的事情，聽了女孩的話後，他也有了些疑惑。雖然，他對自己姑父的死活並不在意。

「我是記者，雖然是實習生，但還是能接觸到些許平常人觸摸不到的東西。例如警方的檔案。這種繁華的城市看起來似乎有著歷史的味道，實際上發展起來也不過才十多年而已。你應該很清楚才對。」白心語眼神飄忽在陰暗潮濕的黑土地上，「你離開這裡十多年了，肯定沒有聽說過流傳在城市中那個都市傳說。」

「妳似乎很了解我，難道特意調查過？」張子洲問。

「當然，最近半年我一直都在調查那個都市傳說，然後找到了這裡。」白心語似乎很不高興他打斷了自己的話，「繼續說都市傳說的事。這十年來，城裡經常有人莫名其妙的猝死，有的是獨居，有的是整個家庭。他們死後無一例外的特徵都是屍體乾癟、血肉消失、蒼蠅和細菌都不青睞，所以不論死了多久屍體都不會腐爛。就跟你的姑父一樣。

「所以不知從什麼時候起，就流傳著這麼一個都市傳說。說是在一個濛著霧的天氣，如果遇到一名騎著三輪車的老人，千萬不能買他的蔬果。因為他賣的都是怪物，只要吃進肚子裡的人，全都會死。」

「不過是都市傳說而已，每個城市都有一籮筐，這妳都信。」張子洲嗤之以鼻。

白心語冷哼了一聲，「自從我的閨密死狀跟那個都市傳說一模一樣時，我就確信流傳絕對不是空穴來風！」

「妳的閨密死在那個都市傳說中？」張子洲吃了一驚。

「可以這麼理解。她臨死前打過電話給我，說是回去時路過徒步區，居然少有的起了濃霧。她剛好碰到有個老頭在賣蔬菜，於是買了些回家。等我第二天去找她逛街時，她已經死了。」

「這能說明什麼？根本不能證明我家的田有問題！」張子洲猶自辯解著。他已經一無所有了，這塊田是他最後的希望。如果連最後的希望也變得有問題的話，那他大概得去找繩子上吊自殺。

白心語難得地跟他多浪費口舌，「你覺得，你的姑父從前對你怎麼樣？」

張子洲啞然，許久後才問：「妳什麼意思？」

「很簡單。我前不久寫了封信給一個叫做夜不語的作家，那位作家很有意思，經常寫些奇怪恐怖的東西，對神秘事件有些研究。他很快就回信了，說如果這塊田真的有問題的話，那麼你的姑父肯定十分清楚。只有最恨的人，才會留最毒的東西給對方。所以，你仔細想想，你姑父生前對你怎樣？」

張子洲渾身一抖，記憶的潮水瘋狂地湧了過來立刻便將他淹沒。姑父的記憶逐漸浮現，甚至就連接到遺囑後沒有去深究的疑惑也一同浮出水面。對啊，自己的姑父，為什麼會將這塊田留給自己？

4

張子洲對姑父的記憶並不多，但隱隱聽父母講過，自己家為何會從村子搬出去，似乎裡邊就有著姑父的因素。甚至可以說，搬走，正是為了躲避姑父。父親不愛提自己的妹妹，甚至不願意回老家。可對於妹妹，父親還是很想念，只是一提到姑父，就會咬牙切齒。

仔細想想，小時候甚至有幾次姑父還想殺了自己。例如有次他在小河邊玩，姑父就滿臉陰鬱可怕地悄悄走過來，如果不是鄰居路過，他大概早就把張子洲推下去了。

父母以及姑父的恩怨，張子洲不清楚，而且隨著雙方當事人的逝去，這已經成為了永久的謎。但姑父絕對是恨自己的。對一個恨不得殺死的人，為什麼會將其立為財產受益人呢？而且還特別找了律師立遺囑。

這讓張子洲有些恐慌。姑父絕對一直都抱著惡意。但嘴上，他還是沒鬆口：「從小姑父就對我特別好，他們夫妻倆無兒無女，也只剩下我這個親戚了。」

「你這個人不擅長說謊。」白心語使勁地看著他，被一位美女看著，弄得張子洲不由得低下了頭。

「總之我調查了這裡很久，越調查就越覺得有問題。你的姑父八成早就知道這畝田不簡單，所以在拆遷時第一個舉手贊同，就算賠償少一點都無所謂。」白心語撇撇嘴。

「姑父居然不是釘子戶？」張子洲有些愕然，一畝田被高樓大廈圈起來，圍牆外就是徒步區，無論怎麼看都會覺得如此好的地段沒能拆遷，肯定是主人要求太高，高到開發商只能放棄。沒想到實際情況居然相反。

「當然，拆遷協議很快就簽訂了。只不過施工中，這畝田上的工人不斷發生意外。據說死了許多人，最後開發商只好將這畝地圍起來棄用。而承諾給你姨父的補償金也自然賴掉了。」白心語又道：「不過那些開發商也在不久後死得一乾二淨，跟都市傳說中的死法一模一樣。你姑父沒錢沒房，只好住回這畝田上，直到死。」

「所以妳就認為這塊田有問題？」張子洲即便已經信了大半，可還是使勁地搖頭。離開這裡，他還能去哪？

白心語見眼前的人如榆木疙瘩般很難溝通，氣惱道：「我還有個決定性的東西。不知道你對這畝田的環境有多了解？」

「瞭若指掌！」張子洲揚揚頭，他一個多禮拜每天都在田地間工作，當然是很熟悉。

「那你跟我來。」白心語衝他勾勾手指，帶他走到田地盡頭的圍牆邊上。這道磚頭修葺的圍牆很高，足足有四公尺高，而且有兩層厚。女孩用靴子隨意踢了踢土塊，立刻有張黃色的殘破紙張若隱若現。黃紙約半掌寬，大部分都埋在黑土中。

「挖開看看！」女孩命令道。

張子洲默不作聲地順著她的話將黃紙挖出來，頓時，他整個人如同觸電般驚呆了。只見挖開的地方，密密麻麻的貼著紙符，符上歪歪扭扭地寫著玄妙的文字，很像電視裡經常演的鬼畫符。

殘舊的紙符襯著黑色的土地，有股說不出來的詭異。

他感覺頭皮發麻，又順著牆角挖了一段。符紙一直沿著圍牆，被半埋進土裡，綿延了一整圈。這可怕的景象令張子洲手腳冰冷，渾身發抖。

「你說，如果這塊地很正常的話，誰腦袋發暈了才會去貼鎮鬼的神符。」白心語也有些害怕，她挖掘這件事很久了，可是臨親眼看到，心臟還是止不住的狂跳。

「可為什麼我都待了一個多禮拜還活著，屁事都沒有？」張子洲慌亂地說。

「你姑父不也待了幾十年嗎？」女孩瞧了他一眼，「對了，你吃過這塊地種出來的蔬菜沒？」

「沒有！」張子洲斬釘截鐵地搖頭。他把種出來的蔬菜當商品看，只想賣出去賺錢，還沒來得及嚐一口。現在看來，這樣的財迷舉動說不定救了自己一命。現在的他，完全相信白心語的話。不但感覺這塊黑土有問題，就連踩在土地上待一會兒，都渾身不自在。

「那些蘿蔔，你賣出去了多少？」白心語問。

「沒多少，幾十斤吧。都在附近賣的。」他回答。這傢伙自從想到綠色蔬菜的概念就惜售了，一心想弄養殖基地。可惜，仍然是竹籃打水一場空。難道他張子洲生來就是貧窮命？想到這，他就十分沮喪。

「難怪最近又開始死人了。好幾家全軍覆沒，都死得很慘。前天一家三口，警方收屍時我就在一旁照相。女主人叫李豔，夫妻倆的腸胃都被不知什麼東西鑽穿了。」白心語再次環顧四周，用酌定的語氣說：「今晚，我要住在這裡。」

「啥！」他愣了愣，然後驚呼出聲音來。「住這裡？妳不是說這塊田有問題嗎？妳不要命了？我可不奉陪，老子還沒活夠呢！」

張子洲的小民意識很強，落魄時一天到晚鬧著要自殺，可真遇到恐怖的事情，自殺的勇氣沒了，只留下逃跑的念頭。

白心語確定且肯定地點頭，「這塊田我雖然認定有問題，可除了資料外就剩下猜測了。住幾個晚上看看會不會發生什麼古怪的事。這可是當記者天生的覺悟！何況，你不也還沒死嗎？」

這叫什麼話！張子洲十分鬱悶。他打好包走也不是，留也不是。看著眼前柔弱而堅強的漂亮女孩俐落地收拾著自己的臥室，他終究還是嘆了口氣，一咬牙留了下來。

都說英雄難過美人關，想來他這小人物更難過美女關吧。要命就要命，怎麼說也可以單獨跟如此等級的美女待一晚上，換成以前根本是難以想像的。

這時候的白心語和張子洲根本沒有意識到，今後究竟有怎樣恐怖的狀況在等著他們。他們想不到，或許隱隱的不安若有若無地提醒著兩人，可誰又能預見將來呢？

真能預見將來的話，就不會有「枉死」這個詞以及「好奇心害死貓」這個諺語了！

5

夜色籠罩在這塊小小的黑土地上，一畝田在城市裡，真的很小。這畝田是被城市，甚至所有人遺忘的角落。圍牆外人潮如織，每一個路過徒步區的人，或許百分之九十都不知道只不過一牆之隔的地方，還存在著能夠種植作物的一小塊土地。雖然那塊擁有肥沃黑土的地方掩蓋在陰影中，終年不見陽光，彷彿夾雜在城市的時間和空間夾縫裡。甚至就連研究了它半年的白心語，也弄不明白為什麼吃了這畝田裡的蔬菜的人會橫死，而且死後的情況還那麼可怖。

張子洲同樣也想不通，只不過他這個人很簡單，所以就連思想也簡單。一整夜都在他的輾轉中流逝，他躺在狹小客廳的破舊沙發上。臥室裡的白心語同樣也難以入眠，她喝了許多咖啡，手裡緊緊拽著紅外線攝影機，睜大漂亮的雙眼。

可令她沮喪和失望的是，一整晚過去，當天邊洩漏出朝陽的光彩時，卻什麼異狀都沒有發生。

「今晚我會再過來。」女孩咬牙切齒地丟下這句話回家補眠去了，張子洲無奈地泡了泡麵吃起來，思考著何去何從，以及今後的未來。忙碌規劃了一個多禮拜，雖然似乎竹籃打水一場空，但忙碌的感覺還不錯。他尋思著是不是不應該再頹廢下去，是時候找一份哪怕低微也無所謂的工作了。

第二天下午，白心語踩著晚霞按時到來。她一聲不吭地看了他一眼，然後調整著手裡的攝影機。那晚，依然什麼屁事都沒發生。接連幾天，白心語都按時報到，完全不氣餒。有時候張子洲都佩服起女孩的韌性和發達的神經。

不知不覺就過了一個禮拜，放在黑土地一角的蘿蔔詭異地沒有腐爛也沒有風乾的跡象。依舊白白嫩嫩的，看得人直皺眉頭。

夜再一次來臨，兩人隔著一道薄薄的門板各有心事的有一搭沒一搭說著話。張子洲總覺得自己跟這位美女漸入佳境，當然，這純粹是他的錯覺而已。白心語完全沒理他這個廢柴的意思。

就在這個晚上，一聲刺耳的尖叫劃破了夜的寧靜。那叫聲彷彿不屬於人類，淒厲又痛苦，傳入耳中甚至還帶給人絕望的感覺。兩人同時一驚，一個手拿攝影機，一個不知從哪找來木棍死死地拽在手心裡。他們走出小平房後，叫聲已經完全停歇。

白心語環顧四周，打了個冷顫。「什麼東西在鬼叫？」

「不像是人。」張子洲縮了縮脖子。

「不是人在叫，那還能是什麼！」白心語皺眉。

「鬼、鬼吧。」

「鬼你個大頭鬼！我說你也是大學畢業，廢柴是廢柴一點，沒想到也信那些鬼鬼神神的迷信。」白心語狠狠瞪了他一眼，說話十分刻薄。

張子洲沒辦法反駁。女孩指了指土地的右邊，「聲音像是從那邊傳來的，我們過去看看。」

「不要了吧，挺可怕的。」他覺得全身都發冷，從屋裡射出來的光芒將兩人的影子拉扯得很長，像異形般。投射到黑土上的影子怎麼看都覺得帶著危險恐怖的氣息。

「切，你不但人廢柴，膽子還比芝麻小。真是！」白心語不再理他，徑直一步一步地朝喊聲消失前的方向走去。

「小、小心一點。」張子洲躊躇了幾秒，還是抄起手電筒跟著女孩過去。手電筒的光芒很暗淡，光圈在黑暗中顯得虛弱無力。不過是晚上十一點而已，明明抬頭就能看到高樓大廈晚睡人家的燈火，可那些光芒卻沒有一絲能夠照射到這畝田地上，就彷彿頭頂上空有著吸食光芒的透明怪物。這一點，也加重了他的恐懼感。

小心翼翼地走了兩分鐘，前邊的白心語突然停下腳步。張子洲不小心撞在了她背上，還來不及感受女孩的柔軟，他手上電筒的光芒已經照射在一個物體上。只一剎那，張子洲已經嚇得大叫一聲，極為狼狽的一屁股坐倒在地。

只見手電筒光圈赫然圈住了一個橫躺著的人，不，現在那人已經變成了屍體。張子洲清清楚楚地看到屍體從衣服中裸露出的部分乾癟不堪，皮骨之間的血和肉像是被什麼東西吸食乾淨似的，已經明顯塌陷。

這是怎麼回事？這個人是從什麼地方跑出來的？他怎麼就死在了自己家？

無數的疑惑瘋了似的湧入大腦，張子洲又驚又怕，聲音被喉嚨堵住，難受得什麼話都說不出。白心語明顯也在害怕，不過她的神經顯然粗壯得多。發了一會呆後，女孩竟然做出了驚人的舉動。她找來一張手帕，隔著帕子在屍體上摸索了一番，最後從褲子口袋裡掏出了死人的錢包。

看著那個莫名其妙出現的死者的身分證，白心語驚訝地道：「這個人我好像認識。」

「妳認識？」張子洲努力站起來，可雙腳還是止不住的發抖。「妳朋友？」

「不是朋友，他應該是個小偷。」女孩稍微回憶了片刻，「今天下午我見他在公車上偷東西，就阻止了他。沒想到這傢伙賊心不死，居然跟蹤我。八成以為這裡是我家吧。沒成功報復我，反倒把命搭上了。奇怪，他究竟是怎麼死的？」

白心語很疑惑。這個小偷死狀跟都市傳說中一模一樣，到底是什麼殺死了他？難道，這個地方真的有危險？

腦子不靈活的張子洲同樣也想到了這個問題。他們不約而同地望向彼此，對視一眼後，同時看到了彼此臉上逐漸浮現的恐懼。

可危險究竟是來自哪裡？張子洲在這兒住了一個多禮拜，直到今夜才遇到古怪狀況。白心語將攝影機的燈打開，一邊錄影一邊到處張望。猛地，她似乎發現了什麼，突然問：「喂，廢柴。這塊地方，應該是你用來堆蘿蔔的吧？」

「嗯，我的蘿蔔就放在這裡不遠。」張子洲將手電筒光芒掃過去，頓時嚇了一跳。本來該堆積得跟小山似的蘿蔔，竟然全部不見了。白生生的蘿蔔彷彿從來沒有出現過似的，那塊地只剩下空蕩蕩的空間，在手電筒光芒中染上了一股莫名的躁動。

「有些，不對勁兒。」白心語又道。

「要不，我們趕緊離開這裡？」張子洲也覺得四周的氣氛極為詭異，空氣中流淌的風都充滿了壓抑感。

「行，戰略性撤退也是必要的。」這次女孩毫不猶豫地同意了張子洲的建議。他們剛準備開溜，整個地面突然躁動起來。黑色土地扭曲了似的，不斷向上湧，想要纏住他們的腿。

「快跑！」白心語尖叫一聲，沒命地拔腿就逃。張子洲也恨不得多長幾條腿，他跑出有生以來最快的速度。黑土不斷地翻湧，消失的白蘿蔔從土裡冒了出來。肥美可口的蘿蔔們彷彿長了腿、從植物進化為動物，它們以可怕的速度追著兩人。白心語和張子洲總算搞清楚究竟是誰殺掉那個小偷了。

翻滾的黑土長出了無數根黑漆漆的觸手，融在黑暗中很難躲避。那些蘿蔔也悄然無聲地在追捕他們。張子洲險之又險地不斷往前逃，他不知道哪裡才是安全的地方。

「我們往哪逃？」他喘著粗氣大聲問，體力不斷消耗，恐怕不用多久，他便支持不下去了。

「去你的小平房。」白心語靈機一動，「在那棟屋子裡待了一個禮拜都沒出事，恐怕只有那裡才安全。」

張子洲不知道她是對還是錯，可他們根本就沒有任何選擇，只能賭。還好，他們賭對了。當身體開始變重，腿已經快要邁不動時。筋疲力盡的兩人才總算找到了一個空隙，踩進平房的屋簷下。

他們連忙死死堵住門，在客廳裡面面相覷的就地坐著，不斷喘著粗氣。心臟和肺部彷彿要爆炸了似的難受。屋外，黑土和蘿蔔在近在咫尺的地方退縮了，它們躁動了一番，圍著小平房一圈又一圈後，這才緩緩地退回那畝田地中，悄無聲息。

城市中的這畝田再次回歸寂靜，靜悄悄的，就像什麼事情都沒發生過。安靜的氣氛令白心語和張子洲覺得自己剛剛只是作了一場噩夢。

可那真實的感覺，還有不遠處擺著的小偷屍體證實了這絕對不是夢。

兩人就這麼坐著，就算再疲倦也不敢睡覺。一整夜在難熬中緩緩流逝，時間彷彿被打了凝固劑，每一秒都顯得如此凝重而遲緩。終於，等到天邊的一縷陽光照亮了大地時，他們才狠狠地鬆了一口氣。

有股劫後餘生的幸福感，順著陽光，衝破了內心的陰鬱和恐懼。

6

坐在咖啡廳裡，白心語拿著平板不知正在寫 Email 給誰。她不時抬起頭看依舊恐慌不已的張子洲，微微搖頭。

張子洲用手端著杯子，他的手抖得厲害。陽光從身側的落地窗照進來，明亮又溫柔，可這絲陽光卻無法為他帶來任何的溫暖。一想到昨晚的要命經歷，他的心就冷得厲害。

白心語放下平板電腦，端起面前的咖啡小口小口地啜著。許久後才道：「你沒事吧？」

「沒，就是驚嚇過度而已。」他苦笑。

「真沒用。」女孩撇撇嘴，「你家是回不去了，今後你準備怎麼辦？」

經過一個禮拜的了解，白心語對張子洲的現狀也算清楚，所以才將他定義為廢柴。

「還能怎樣，走一步算一步唄。」張子洲現在是打死都不敢回那畝詭異的田了。

「說起來，為什麼那些怪物會停留在小平房外？」白心語有些疑惑。而對那畝詭異的田，她也找不到其他的形容詞，只能用「怪物」代替。

「或許是它們離不開那塊黑土吧。」張子洲不願多想。

「不可能，它既然能藉著別人買回去的蔬果殺死他們，怎麼可能無法遠離那裡？不過，我現在能百分之百肯定，這個城市的都市傳說，以及死於都市傳說的人，都跟你的田有關係。」白心語沉吟片刻，「真是棘手，之前本來想寫成新聞報導出來，不但能找出闖密橫死的真相，運氣好還能轉成正式記者、得個獎什麼的。現在真相有了，寫出來肯定沒人信。」

張子洲心不在焉地喝咖啡，眨巴著眼睛。「妳現在想幹嘛？」

「等。」白心語吐出一個字。

「等什麼？」他有些詫異。

「等人回信。」女孩用手敲著桌面，「我前段時間不是提到過一個叫做夜不語的作家嗎？我一直都在向他求助，說不定他能夠給我一些獨特的建議。」

「切。」張子洲嗤之以鼻，「作家都是些空想家，他們能給好意見，母豬都能上樹。」

這句話剛說完，白心語的平板電腦中就傳來了「有新郵件」的語音提醒。

「來了。」女孩激動地打開螢幕，不以為然的張子洲也好奇地湊過頭去看。只見回信不長，但字字都掐中了要害。

那位叫做夜不語的恐怖小說作家寫了幾句話：「田的定義是什麼？很簡單，只是一塊蘊藏、出產或生產一種自然資源的土地。人類利用它們獲取生存繁殖的養分。既然田地變異了，肯定有變異的理由。真相，應該埋藏在很久以前的歷史中。查一查那塊怪田的過往，或者在覺得奇怪的地方使勁挖掘一番。說不定能找到真相。

妳提到那塊田終年不見陽光。可種植需要陽光、水分、土壤，缺一不可。會不會，正是在這個環節中出了問題呢？」

白心語和張子洲一時間都陷入了沉思中。

過了很久，張子洲才像想起了什麼，說道：「這麼一想，似乎有些道理。姑父留給我的那塊田屬於自行開墾的，從前在河道邊上。四周種滿了樹木，那些樹屬於大家，個人是不准砍伐的。所以一直都很難見到太陽。可就算是饑荒的年代，姑父也能在那塊地裡種出肥美多汁的蔬菜。不過他的菜似乎一直都不在本村賣，自己也不吃。說不定，那時候他就已經知道這塊地有問題了！」

「那，問題出在哪裡呢？」白心語依舊不解，「吃了那塊田種出的東西的人，都會慘死，血肉被吸食乾淨……」

突然，有個可怕的念頭湧上心頭，女孩不由得打了個寒顫，就連臉色都煞白起來。

「妳想到了什麼？」張子洲見女孩神色不對，問道。

「你說，那塊地缺少陽光，養分也很少，卻能種出不錯的蔬菜。會不會是因為，那塊地從死去的人身上吸收了養分，然後再次以某種管道回到了田裡？畢竟田被高樓大廈和圍牆緊緊地圍著，很少見到陽光。因為沒有陽光，田需要其他的養分，那就是人類的血肉。」白心語緩緩將這個瘋狂的想法說了出來。

「這、怎麼可能！」張子洲渾身再次發抖起來。嘴裡說著不可能，可心裡卻漸漸覺得這個想法或許更接近真相。

「那個作家不是讓我們嘗試著在奇怪的地方挖挖嗎？」白心語接著說，「我仔細想，越想越覺得，那塊地中，只有小平房的位置最奇怪。不在靠近出口最近的地方，還修得不中不間。而且，黑土裡的怪物都不敢靠近它。你看，很奇怪，對吧？」

「就算這樣，可我們兩人該怎麼挖？小平房雖然小，可也不是我們挖得動的。」張子洲聳了聳肩膀。

「我有辦法。」白心語狡猾地笑道，「只要你這個主人同意，我就能找人去挖。」

張子洲嘆了口氣，點頭。「隨便妳怎麼折騰，總之我是死都不會再回那塊地了。」

確實，他不準備再回去。經過這件事後，他突然覺得自己的人生也沒那麼糟糕。至少，他還活著。

正午的陽光很悠閒，也很溫暖。透過玻璃灑在地上、桌子上，透過盛水的玻璃杯，很美。他抬頭，正好看著捧著平板電腦的白心語，覺得這個女人雖然刻薄，但，真的很美。

如果自己要追求她的話，會不會有機會呢？
或許，有吧！

尾聲

白心語真的找到人在那一畝田上挖了起來。挖掘隊帶著一輛挖掘機和三個人，挖了兩天，卻一無所獲。他們很失望。其後，身為實習記者的白心語繼續自己的實習生活，尋找轉正的機會。而張子洲，他想要追求白心語，卻因為種種原因，兩人越行越遠，最終失去了交集。

但被挖掘過的田地，卻徹底失去了詭異的能力。種子不再一夜之間長出成熟的蔬果，甚至黑土也不再那麼黑了，像是失去了營養，灰濛濛的，很難看。

這點讓白心語和張子洲都大惑不解，田中的怪物究竟去了哪裡？只不過他們註定要永遠迷惑下去。因為兩人不知道，在挖掘的第一天，因為監工不力，請來工人中的其中一個將平房下邊偶然挖出來的一小塊黃金般材質的金屬片揣進了自己的口袋。

時間緩慢地流失，一年又一年。突然間有一天，田地不知為何開始了奇怪的變異。彷彿傳染病似的，一塊接著一塊，以迅雷不及掩耳的速度傳播著。土裡種植出來的東西全都不能再食用。蔬果被採摘後猶如動物般長出了手腳，咧著尖銳的牙，追著人類，追討人類幾千年來從它們身上掠奪去的養分！

沒人知道為什麼。

因為隱隱能猜測到原因的白心語和張子洲，以及造成可怖災難的那塊金屬片，已經永遠掩埋在了歷史的長河中……

The End

夜不語作品 35

夜不語詭秘檔案 113：寶藏（上）

國家圖書館出版品預行編目資料

夜不語詭秘檔案113：寶藏（上）／夜不語 著.
一 初版. 一 臺北市：春天出版國際，2020.07
面；　公分. 一（夜不語作品；35）
ISBN 978-957-741-278-2（平裝）
857.7　109007261

ISBN 978-957-741-278-2
Printed in Taiwan

作者　夜不語
封面繪圖　Kanariya
總編輯　莊宜勳
責任編輯　黃郁潔
美術設計　三石設計

出版者　春天出版國際文化有限公司
地址　台北市忠孝東路四段303號4樓之1
電話　02-7733-4070
傳真　02-7733-4069
E-mail　story@bookspring.com.tw
網址　http://www.bookspring.com.tw
部落格　http://blog.pixnet.net/bookspring
郵政帳號　19705538
戶名　春天出版國際文化有限公司
法律顧問　蕭顯忠律師事務所
出版日期　二〇二〇年七月初版
定價　170元

總經銷　楨德圖書事業有限公司
地址　新北市新店區中興路二段196號8樓
電話　02-8919-3186
傳真　02-8914-5524

夜不語

詭秘檔案

夜不語
詭秘檔案